世川行介放浪日記

貧乏歌舞伎町篇

世川行介
kosuke segawa

彩雲出版

僕の放埓に迷惑を蒙った多くの男女に捧げる

目次◉世川行介放浪日記　貧乏歌舞伎町篇

二〇〇八年の放浪日記

二〇〇九年の放浪日記

世川行介、放浪の軌跡

＊一九九四年……都内放浪（大田区・目黒・渋谷）
＊一九九九年～二〇〇四年……歌舞伎町放浪。
＊二〇〇一年七月……『小泉純一郎と特定郵便局長の闘い』上梓
＊二〇〇三年十二月……『歌舞伎町ドリーム』上梓
＊二〇〇四年……千葉放浪。大阪放浪。
＊二〇〇五年九月……『郵政――何が問われたか』上梓
＊二〇〇六年晩秋……北陸放浪。

＊二〇〇七年……千葉放浪。

＊二〇十二月五日……『地デジ利権』上梓

＊二〇〇九年……上野放浪。

＊二〇一〇年……東新宿・吾妻橋・浅草放浪。

＊二〇一〇年八月……『泣かない小沢一郎《あいつ》が憎らしい』上梓

＊二〇一三年春……北海道放浪。

＊二〇一三年末……小岩・入谷放浪。

＊二〇一五年夏……岐阜・名古屋放浪。

＊二〇一六年夏……彦根放浪。

＊二〇一七年一月……『本能寺奇伝』上梓

装丁・小室造本意匠室

序に代えて――『人間失格』の文庫本（二〇〇七年九月二十二日記）

昨日、今日、風に〈秋の匂い〉を感じた。

ふっと心が騒ぎ、思わず腰が浮く。

この千葉県Y市でしばらく「生活」をしようと決心したはずなのに、〈秋の匂い〉を感じると、放浪への憧れが全身を包んでしまうのだ。いつの間にか、放浪は僕の属性になってしまったようだ。

寝っ転がっていたら、部屋の隅に放置された一冊の文庫本が眼に入った。

僕は二十歳から四十歳までの間はかなりの蔵書家で、棄《す》てた実家には数千冊の書物がほこりをかぶっているが、東京に持ってきた数百冊の本は流転の間に消え、いま手元に残っているのは、高校一年生のとき、つまり、今から三十八年前に買った、太宰治の『人間失格』という新潮社の文庫本一冊きりだ。表紙は色が褪《あ》せ、開くと、どのページも端っこが黄ばんでいて、高校生の時分につけたらしい赤い傍線があちこちに見受けられる。

なぜこの文庫本だけが手元に残ったのか、自分でもよくわからないが、わがまま勝手な放浪の果てに手元に残ったのが『人間失格』という題名の書一冊であるという偶然が、何かを暗示しているような気がして、苦笑させられる。確かに、恥だらけの人生だ。

今度この街を出るときにも、僕はこの文庫本を鞄に投げ込むのだろうか？

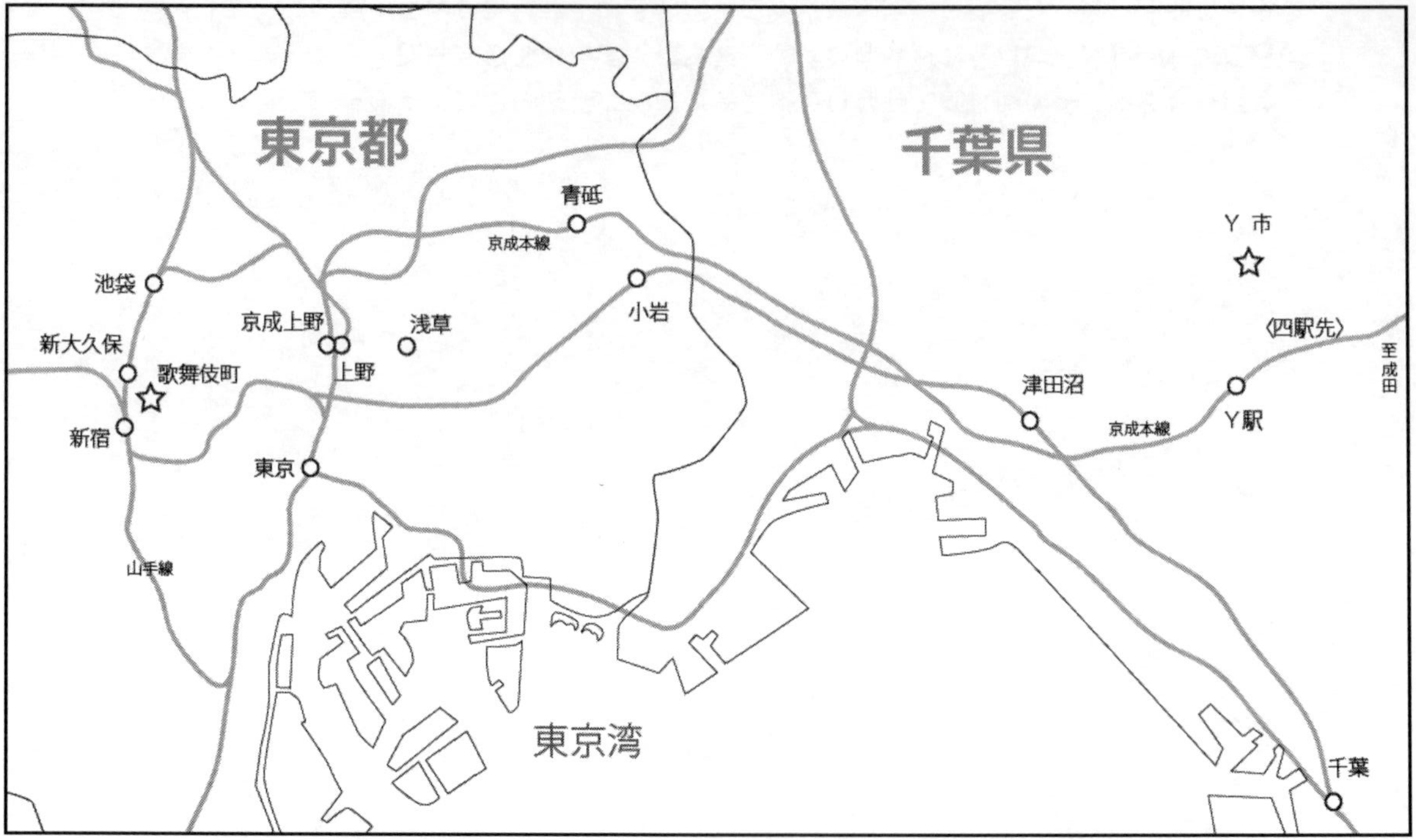

本書に登場する主要地名、主要駅等の略地図

世川行介放浪日記　貧乏歌舞伎町篇

二〇〇八年の放浪日記

一つ場所に落ち着けない男……………………三月十三日

この一週間ほど、暇さえあれば上野公園界隈に出かけた。金がないので、何をするでもなく、ホームレスや不忍池を眺めて過ごした。

必死でネットカフェに入り浸っていた一年前を懐かしく思い出していた。見上げる空が青くて、自分が無限に優しくなっていくような、そんな気がした。

上野の街を深夜歩いていると、自分は大都市の喧騒《けんそう》や猥雑《わいざつ》が何よりも好きなのだと、よくわかる。千葉県Y市の田舎臭さに次第に嫌気のさし始めている自分を感じる。

そのY市での十ヶ月で知り合った人たちの間では、「世川は行方不明になった」、と騒がれているらしい。今日は、〈四駅先の女〉に、「最近世川の姿がY市で見えないが、お前たちはそこで二人で暮らしているんだろう？」、と電話で問い合わせてきた阿呆がいたという。そのときの〈四駅先の女〉の返事が、いかにも僕という男をよく知っている人間の返答で、僕を感心させた。

「あの男はね、一つ場所に落ち着ける男じゃないんだよ。私は十四年間あいつとつき合っているけど、今までだって、日本中、あっち行ったり、こっち行ったりして、好き勝手に生きてきた男なんだ。そんな男の行方なんか、探すほうが馬鹿なんだよ。帰ってきたときに、ああ帰ってきたのかと思えばいいんだよ。」

激しく激しく痛む足……………………四月一日

人の話によれば、それは足に血が下がったのだ、と言うが、昨日から右足が足の裏まで腫《は》れ上がって、熱を持って、痛くて歩けない。びっこを引きながらゆっくりと歩くのだが、これがまた全然様にならない。数時間前から、もう、一歩も歩けなくなっている。

足を高く上げておけばよいと言われ、行儀の悪いのは承知でそうしているけれど、用があって足を下ろしたときの痛みたるや、凄まじいものだ。

朝九時。激しい痛みにとうとう歩けなくなり、例によって自分で一一九番に電話をして救急車を呼んだ。親切にも、八階のネットカフェまで四人も来てくれ、救急車に運んでくれた。

この足の痛み、まさかの痛風発作、だった。

僕はこの三ヶ月間、尿酸値の高い僕の痛風発症を心配する張邦光《ちょうほうこう》先生に奨《すす》められて、尿酸値を抑える薬を飲んでいたから、「痛風だけにはならない。」と信じ込んでいた。

大嘘だった。

僕は、これまで大病には無縁できた男で、病院のベッドに寝たことがないのが自慢だったが、今日は運ばれた医療センターのベッドに横たわり、生まれて初めて点滴というものを受けた。足の腫れを引かせる薬はなく、痛み止めで誤魔化すしかないとのことで、座薬を使った。そのおかげで痛みは薄らぎ、少し歩けるようになったところで病院を追い出された。

救急病院を出た後、張邦光先生のところに行った。

気さくな張先生は、僕の姿を見るなり、「おい、痛風発作かい?」と笑った。

「わかる?」

「その姿を見れば、すぐにわかるさ。」

「尿酸値を抑える薬を飲んでいても痛風になるの?」

「いつなるかわからないから病気なんだよ。」

「……。」

ホント、いい加減な先生だこと。

顔じゃないよ。心だよ…………………………四月九日

十四年前。〈四駅先の女〉は、千葉県Y市の韓国クラブに勤めていた。

ある深夜、友人の恋人のスナックで会社の女の子と呑んでいると、珍しいことに、〈四駅先の女〉がやってきた。

「もう、店終わったのかい?」

僕は笑顔で女を迎えた。

「フーン、今夜はあんたのファンばかりいるんだ。楽しそうだね。私にも一杯注がせてよ。」

女はビール瓶を右手にして微笑んだ。

「ありがとう」、僕はグラスを差し出した。

ビールが、女のビール瓶から僕のグラスに注がれる、はずだった。

しかし。注がれたのは、僕のグラスに、ではなく、僕の頭にだった。僕の頭から肩は、あっという間にビールでビショビショになった。

「バカヤローー!

若い女に囲まれてデレデレするんじゃないよ!」

女は、それだけを言うと、振り向きもせずに出て行った。

あっという間だった。誰もが唖然《あぜん》として女の後ろ姿を見送っていた。

僕は、といえば、ずぶ濡れの頭を撫《な》でながら、女のいなくなったドアを惚《ほ》れ惚れと見つめていた。頭からビールを浴びせられるなんて、生まれて初めての経験だ。

(こんないい女を放っておいたら、男じゃない。)

僕は立ち上がって、女の後を追いかけた。

外に出たが、女の姿はどこにもなかった。走り回って公衆電話を探すと、女にダイヤルした。

「もう、部屋に帰ったよ」、女は冷たい声で答えた。

「あんた、私は店では二十九歳だって言っているけど、本当はいくつだと思ってるのよ。」

「三十二歳くらいだろう?」

瞬間、女の声が止まった。

「本当は三十四歳だよ。」

そのとき僕は、殊勝《しゅしょう》なことに、昔読んだ山本周五郎の小説の一節を思わず口にした、

「歳なんかどうでもいいんだ。お前が二十九歳だって言うなら、僕にはお前は二十九歳なんだ。それでいいんだ。」

「部屋に来てよ。私の部屋、わかる?」

部屋を教えてもらって、僕は走り、ちょっとした感動の中で朝を迎えた。

あくる朝目覚めて、料理を作っている女の背中に、

「それで、お前、本当は何歳なんだ?」

と声をかけた。

「三十六。」

ぶっきら棒な女の声が返ってきた。

「ハハハ！」

僕は思わず哄笑《こうしょう》した。あんな緊迫感あふれた場面でも、女というやつは、まだ二歳もサバを読むのかと思うと、愉快で愉快でたまらなかった。

それから三十分もしない間に、女の部屋のチャイムが鳴った。

女がこわばった顔で、「シー」、と人差し指で合図しながら出て行った。

五分ほどして女が帰ってきた。

「誰？」

「彼。」

僕は驚いて身を起こした。

女の彼氏は、僕より五歳年上で、毎月女に生活費を渡していると聞かされていた。

「あなた、悪い事しましたねって言われたから、ええ、悪い事しましたって言ったら、じゃあ、もうこれで終わりですねって帰っていった。」

女は何でもないような顔で、そう答えた。

「いいのかい？」

「いいんだよ。あんたを好きになったんだから、仕方がないんだよ。」

「だけど…。」

「私、日本に来て、初めてわかったよ。

男、顔じゃないよね、心だよね。それが初めてわかったよ。」

「馬鹿。男は顔だよ。顔、大事だよ。」

「違うよ。男、顔じゃないよ、心だよ。

日本に来て、あんたに出逢って、私、初めてわかったよ。」

「……。」

あんな哀しい褒《ほ》められ方をされたのも、生まれて初めてのことだった。

もう間もなく、十四回目の夏が来る。

ATM停止！……………………………………………五月十九日

今朝はまいった。

この数日、（『地デジ利権』の）原稿書きが佳境に入ってきて、痛風の痛みもこらえ、寝食を忘れるようにしてパソコンに向かっていたのだが、今朝九時過ぎに大阪の次姉から電話があって、なぜか今日、ゆうちょのＡＴＭで送金機能が止まっていると言うのだ。

ウーン。と思わずうなった。

僕はすでに、次姉からの送金を当てにしてネットカフェにいたわけで、もし送金がなければ、無銭宿泊で警察に突き出される可能性がある。富山を流れていたときも、一度そんな経験をして、友人の何人かに富山警察署から電話が行き、友人たちが僕という男とつきあうことに恐れをなしたという屈辱的な事件があった。

さて、どうするか、と腕を組んだが、どうしようもない。このまま明日の朝まで居座るしか方法はないのだが、そうした場合、割安な「セットサービス」が消えて通常料金になるので、料金は一万円を優に超してしまうから、それはできない。昨日『とんでん』で天丼セットなんか食べなきゃよかったと、本気で後悔した。

で、結局、「マイッタなあ。警察に行って頭を下げて、一日待ってもらうか」、と決心するに至った。

〈四駅先の女〉に電話をした。

「どうするのよ。」

そう訊《き》かれても答えようもないし、貧乏で困っている女にお金を貸せと困らすわけにもいかない、「まあ、どうにかなるだろうよ」、言葉を返した。

三十分ほどして、女から電話があった。

「もう一回電話するから、ネットカフェの下に降りてきて」、と言う、「お金を持って行くから。」

女が、Y市から〈四駅先〉の今の店に移ってから、韓国の母親に送る金が滞るくらいに生きるのにやっとだということは、僕が一番知っている。

「お金なんか持ってないだろうが」、と訊くと、

「だけど心配でどうしようもないでしょ。借りてくるから。」

三十分ほどして電話があって、ネットカフェの下に降りると、女は折った千円札を何枚か僕に手渡し、「これで何とか明日まで頑張って仕事して」、そう言って微笑んだ。

出逢ってもう十四年になるが、この女からお金を借りたのは初めてのことだった。

パソコンの前に戻り、原稿を書きながら、「俺はやっぱり、誰かの言っていたとおり、捨て猫かな？」と苦笑した。

ビンゴゲーム……………………五月二十二日

今日は何かのんびりとした気持ちで一日を過ごした。

相変わらず貧乏の痛風病みだが、夏のような陽射しの中でふと空を見上げると、いつかどこかで見たような妙に懐かしい青空の光景があって、自分を二十代初期に戻していくような、そんな気がした。

昼下がり、〈四駅先の女〉が、

「順番に数字を言い、どちらが早くビンゴを三列作れるかというのをやろう。」

と電話してきて、一〇〇円ショップでビンゴゲームを二束買い求めた。

女は人の部屋に同居させてもらっているので、僕を部屋に入れることはできない。僕たちは貧乏で、喫茶店に行くお金ももったいないから、二人で駅横のレンガに腰掛けた。

やろうやろうと言うだけあって、女はビンゴ慣れしていて、三回に二回は女の勝ちだった。二回続けて勝つと、胸元あたりで両手を揉《も》み、しんから嬉しそうな笑みを浮かべながら、

「男のくせに負けてばかりじゃ可哀相だなあ。今度はわざと負けてやろうかな。」

などと生意気なことを言って僕を挑発するものだから、一時間はあっという間に過ぎた。

真っ昼間、日盛りの下、道の端でビンゴゲームに興じている中年カップルに、呆れたような視線を投げつけながら、何人もの人が通り過ぎたが、一向に気にならなかった。

「夕方までずっとやろうか?」

女が真顔で言った。

いくらなんでも、それはちょっと、ネ。

こんな他愛もないゲームではしゃいだりムキになったりするなんて、何年ぶりのことだろう、と考えた。おそらく十五年以上、こんな時間を持ったことがない。

「お前、そんなに僕といると楽しいのか?」

と訊くと、

「フフフフッ。」

五十女の含み笑いだけが返ってきた。

「こんな貧乏な中年…、」

と言いかけると、

「お金なんかどうでもいいんだよ。昔は、ちょっとお金を持つと、すぐに他の女のところに逃げたのに、やっと、あんたが、どこにも行かずに私の近くにいるからね。」

「……。」

僕はいま、少し幸福なのかもしれない。

ネットカフェの投身自殺……………五月二十四日

疲れ果てて寝ていたら、人声で眼が覚めた。

新聞でも読むかと新聞コーナーに向かいかけると、通路の床に白いチョークの線が引かれ、立入禁止の紙が貼ってあって、警察官らしい青年が、「ここは通れません」、と言う。

見ると、五人ほどの警察官がウロウロしている。

受付で、馴染《なじ》みになった女の子と警察官が話しこんでいる。

「何があったの?」

そう訊くと、

「そこの窓から、人が飛び降りたの。」

さっき僕が止められたあたりの窓を指した。

「じいさん？」

「いいえ。三十ちょっと過ぎの男の人。」

「死んじゃったの？」

今度は警察官が代わって答えた、「何せ、高さが高さですからね。」

そうか、ここは四階だった。

「でも、まだ死んではいないらしいですよ。

救急車で病院に運ばれました。私らは見ていませんけどねえ。」

「私も気づかなかったの。

黙って窓を開けて飛び降りたみたいで、下のパチンコ店の警備員が巡回していて発見して、教えてくれたの。」

女の子はそうつけ足した。


今、この日記を書いていると、警察官同士が交信で、

「死亡ですか。そうですか、死亡ね。」

と話す声が館内に響いた。

「持ち物？ 持ち物なしです。」

ネットカフェというのはある意味では「孤島」だ。この現代社会、どこもかしこも孤島だら

けなのだが、なまじ、ネットという交信機器や動画観賞システムが設置されているので、人とつながっているように錯覚しがちだが、ふと気がつけば自分がとてつもなく孤独であることを嫌というほど思い知らされる場所でもある。

最近、ネットカフェから出勤する若い女性の姿を多く見かけるようになった。パリッとしたスーツ姿の若い女性が早朝ネットカフェから出勤する姿は、奇異としか思えない。

他人の生活になど一片の興味もないが、時には、そんな奇異な光景を見て、その生活の背後を想像することもある。きっと、彼女もある種の放浪者なのだ。

〈放浪〉という文字に、遠い他国の田舎道をあてなくさすらっている姿をイメージするのは漫画チックだ。現代の放浪とは、人の群れた駅前広場で、あるいは繁華街のネオンの隙間で、堅固なビルのフロアで、そして深夜のネットカフェのソファの上で、得体の知れない流れに任せて自らを浮遊させている状態を言うのだ。僕は自分だけが放浪者のような気がして生きているが、ひょっとしたら、この社会には、僕のような放浪者は数多くいるのかもしれない。

「韓国の人だったって。」

受付の女の子がそう教えてくれた、「ここのお金が払えなかったみたい。」

まさかそれが理由で飛び降り自殺したわけでもないだろうが、彼もまた、この国をさすらい続けていたのかもしれない。

僕はいつ、〈放浪〉の窓から老いた身を投じるのだろうか。

初夏の夜風……六月三日

この二〜三日やけに寒い日が続き、半袖一枚で過ごしていたら風邪を引いたようで、妙に熱っぽい。たまりかねて、夕方、〈四駅先の女〉に電話して、預けていた長袖のシャツを持ってきてもらった。綺麗に洗濯してあった。

ネットカフェの下の歩道で立ち話をした。十四年前は連れて歩くのが自慢の美人だったが、今は歳とって、贅肉ダラダラの体形になっている。裸なんかは見たくもない。

「毎日毎日よく頑張るねえ。」

女が感心した声で言う。照れて女の顔を見ながら、そうだな、この女と再会してから書き始めた原稿だったな、と思った。

この女にお金でいい思いをさせたことはただの一度もなかった。それなのに、こんな僕のどこがいいのか、一生懸命尽くしてくれる。僕も、いつの間にか〈四駅先〉の町が自分の町のような気がするまでとなった。

「(本が) 売れて、お金持ちになるといいね。」

「ああ。そうだな。」

素直に応じられた。

「どうせ何にも食べてないんだろう?」

「いや。駅で昼前にうどんを食べた。」

「これで何か食べてよ。食べないとまた（痛風で）足が痛くなるよ。」

そう言って、千円札を二枚僕の手に握らせると、自分の店に小走りに向かった。

深夜。

電話があって、「酔ったから部屋まで送ってよ」、と言う。

駅前で女と待ち合わせ、二人で夜道を歩いた。といっても、ネットカフェから五百メートルほどの、たった十分くらいの距離だが、夜風が心地よかった。

「私、二ヶ月で四キロも太ったよ。」

嬉しそうに言う。

「何キロになったんだ。」

「五十八キロ。」

もう四十九歳だからといっても、女のくせに四キロも太って自慢する馬鹿はいないだろう。

「僕は、デブ、ブス、ババアはお断りだ。」

と言うと、

「いいんだよ、いいんだよ。」

と答えた後、フフフ、と笑った。

陸橋に着いた。陸橋の真向かいに女が同居させてもらっているマンションがある。

若いアベックなら、ここでおやすみのキス、ってとこだろうが、五十を超えるとアッサリしたものだ。

「もうここでいいよ。」

「じゃあ帰るぞ。」

それでグッナイだ。

十四年前、たった三月だけだったが、毎晩みたいに貪るように抱き合っていたのが嘘のような今の二人だ。女の知り合いたちが首をかしげるのも当たり前だな、と思った。

高校生が隠れてタバコ吸ったって、いいじゃないか……六月十七日

広告を見た。タスポとかいう煙草購入の年齢識別カードが発行されて、それなしでは自動販売機で煙草が買えなくなるのだという。

世の中にはこんな阿呆なことを考えつくやつもいるものだ。

まあ、こんなことを推進させるのは、自分が子供の頃の姿はすっかり忘れて、自分の子供を好き放題に育て、子供が駄目になるとその責任を教員や子供の友達や社会に押しつけたがる、「真の教育」知らずのPTAママたちだろう。

今頃の子供は可哀想だな、とつくづく思う。

僕が初めて煙草を吸ったのは十五歳、高校一年生のときだった。酒を呑んで初めて吐いたの

も同じ年だった。地方の進学校の可愛い不良だった。酒はあまり好きではなかったが、煙草はそれからずっと僕の道連れで、もう四十年のつきあいだ。

そのころは高校の先生も太っ腹で、

「おい、吸いたかったら俺のとこに来て吸えよ。他では控えるんだぞ。捕まるからな。」

なんて言ってくれたものだった。

酒を呑んで吐いたときなどは、一年生は僕一人で、一緒に呑んでいた三年生はみんなつかまって停学になった。

ある夜、三年生が僕の下宿にこっそりやってきて、

「お前だけは誰も名前を出さないことにしているから安心しろよ。」

と言われ、胸をなでおろしたものだった。

彼女ができると二人で呑みに行った。安いスナックか小料理屋だったが、高校生には十分に新鮮で、そういう場所に行ってみたくて不良の僕に声をかけてくる女生徒もいた。

高三のとき、寿子という同級生の家に遊びに行っていたら、彼女の母親がくだけた人で、

「ねえ。たまにはうちの娘も呑みに連れて行ってやってよ。」

なんていうものだから、それでは、と二人で呑みに出かけた。

小料理屋のカウンターに座るなり、「電話が入ったよ」、と言われた。高校生のこの僕にだ。誰だろうと思って電話に出ると、さっきまで話していた寿子の母親だった。

はい、と言う間もなく大声がした。

「早く逃げてちょうだい。今、うちのお父さんがその店に向かった！」

二人してほうほうの体で店を飛び出した。

そういう失敗談が、後になって振り返れば、いい思い出なのだ。健全な出来事なんか誰が覚えているものか。

いま時の高校生だって、きっと煙草や酒が欲しくてやるんじゃない。危険を冒してやるところが快感であるのだ。好奇心といってもいい。人を殴ったり殺したりするわけじゃなし、可愛いものだ。「それくらい温かく見てやれよ」、と思っている。

男に限っていうと、煙草も吸わない高校生や大学生なんか、僕には想像もできない。お前、馬鹿じゃないのか?ってなもんだ。

そんな父親だから、僕の二人の娘も、女だてらにスパスパモクモクで、息子も高校生のころから、当時小平市に住んでいた僕の部屋に友だち連れてやってきてはスパスパやって、狭い部屋を煙だらけにしたものだった。

それでいいのだ。

ヘビースモーカーの僕なので、周りは愛煙家ばかり。十八歳から今日まで、煙草を吸わない女とはつき合ったことがない。

煙草も満足に吸わせてもらえないほどに健全志向の世の中になって、ご同慶の至りだ。

隣見て、自分見て、それからも一度隣見て、あなたも私もおんなじ環境、おんなじ健康、おんなじ幸福…、ああ良かったわ。ってとこか?

考えただけでゾッとする。

公園の不審者 ……………………………………………… 六月二十五日

久しぶりに数時間を太陽の下で過ごした。

この町のことは何も知らないので三十分ほど散策し、公園を見つけた。昼下がり、公園のベンチに寝そべって青空を眺めていたら、保育所帰りの母子の群れが公園に入ってきた。

躰《からだ》を起こし、いい光景だな、別れた娘も今頃ああやって母親しているのかな、と見入っていると、三十分ほどして、十人ほどの黄色いジャンバー姿が公園にやってきて、僕に一瞥《いちべつ》を投げた後、公園の隅に集まった。

ジジババの肩と背には「防犯パトロール」と書かれていた。

何ごとか?

と思って腰を浮かせた。

そして気がついた。

フッ。

彼らの標的は、僕だった。

真っ昼間、幼子たちが集い遊ぶ公園でたった一人ベンチに腰掛けている不審げな中年男。

ひょっとして、ひょっとして、ひょっとして…、ってとこだろうが、まあ、そう思われても仕方がない風体であったところが僕の悲しさで、すぐに立ち上がるのも癪《しゃく》ではあったが、時節柄、人さまに不安を与えてはいけないと思い、肩をすぼめて公園を出た。愛用のホームレスバッグが、今日はやけに重かった。なんてね。

駅前の一〇〇円ショップで下着と靴下を買い、それから、高校時代からの女ともだちである淑子《よしこ》に電話して、しばらくしゃべった。

「同級生にもいろいろいて、世間からはみ出したみたいな人もいるみたいだけど、あなたに勝る人はないわよ。住所不定、行方不明、生死不明、そんなの、あなただけだよ。はみ出す程度が桁外れだからね。」

と笑われた。

「よくやるわよね。昔のあなたからは想像もできない生き方だわよ。」

「……。」

僕の生き方って、そんなに異常なのだろうか?

こらっ!……………………………………………………七月四日

夜十時も過ぎてから、作文中の僕に〈四駅先の女〉から電話が入った。

「あのね。頼んでもいいかな。」

「何だ。」

「タバコ買ってきてよ。

店の女もお客さんも、誰もタバコのカードがないの。」

「俺はお前の男じゃない！」

と怒鳴《どな》ろうとしたのだが、口から出た言葉は、

「ああ、わかった。待ってろ。」

何て甘酒、世川行介。

僕もカードを持っていない。タバコ屋も閉まっている。

痛風の足を引きずってマージャン屋の看板を探し、

「済みません。タバコを買わせてもらえませんか。」

と頭を下げ、キャスターマイルド5を買い求め、女の店の前まで持っていった。

「ああ。ありがとね。」

そう言うと、女は店に入った。ドアが閉まった。

こらっ。それだけか。

電車で化粧する娘たちの何が悪いんだ？……………七月十日

上野行き京成電車に乗った。まだ若い娘が座席で手鏡を見つめながら化粧していた。

僕は、電車の中で小さな手鏡を相手に化粧をする娘たちや、電車内でメール打ちに夢中になっている青年たちの自薦弁護人を、一貫して自任してきた。

いいんだ。それでいいんだ。それが、君たちが時間の効率的利用を考えて創りだした新しい化粧（あるいは交信）法だ。下品だ、礼儀を知らない、女（あるいは若者）らしくない、と眉《まゆ》をひそめ批判する大人たちなんか無視すればいい。

そう思ってきた。

マスコミあたりが「失われた十年」などと気楽に一括《ひとくく》りするこの十数年、大人たちが新しい価値の創出を放棄し、子供たちにそのヒントすら与えられずにやり過ごしている間に、今を生きる子供たちは、自分たちの生活現場に手づくりの新しい価値を据え始めた。

これは、退行ではなく進歩だ。怠慢を生きてきた僕たち大人に批判する資格はない。

だいたい、電車内でメール打ちに夢中になって、何が悪いのだ。不細工なお前の顔でも見つめていろと言うのか？

どこかの大学教授の肩書きを光らせた老人たちが、「国家の品格」だとか「女性の品格」だといった賢《さか》しらな説教を垂れているが、時代錯誤もはなはだしい。この老人たちが主張する品格とやらの中で、彼や彼女自身が切磋琢磨《せっさたくま》して創り上げた〈時代に寄り添った倫理〉はいくつあるのだ？　みんな江戸幕政から密輸入してきた「いにしえ倫理」ばかりではないか。

江戸時代の倫理なんてものは、小心者の小役人（今風に言えば官僚だ）たちが自分たちの都合のいいように武士や庶民に押しつけたくだらない代物だということくらいは、大学教授でなくても知っていることだ。

この老人たちは、なぜ江戸幕府が倒され、明治政府ができ、軍国主義を経て今日の国家形態になったのかという歴史認識がまったく欠如している。江戸幕府懐旧談義がやりたいのなら、同趣同好会ででもやればいいのだ。

何よりも、この老人たちには、今を手探りで生きている少年少女に対する〈愛情〉が微塵もない。彼らは、いま時の少年少女を「劣性動物」と思い込んで説教を垂《た》れている。馬鹿も休み休みにすればいい。愛情のない説教に心から従う若者など、お前たちの好きな江戸時代どころか、はるか以前の邪馬台国時代からいやしなかった。

反論の言葉を知らない少年少女たちの代わりに、そう言ってやりたい気がする。

歌舞伎町からの電話……………………………七月三十一日

歌舞伎町で筆舌に尽くしがたい世話になった順女《すんにょ》という韓国女から電話があった。向こうから電話がかかってくるなんて初めてだった。

「どうかしたのかい？」

「いや。お前（五歳下のくせに僕のことをお前と呼ぶ）が生きているかどうか気になって。」

「大丈夫だ。何とか生きている。」

「そう。元気ならいいんだよ。一度歌舞伎町においで。」

本当は何かあったのではないかと、気になってしょうがなかった。

歌舞伎町に流れて間もない頃、つまり、マージャンで生計を立てていた時期、僕はこの女のスナックのソファで、ネズミをお友達にしながら五ヶ月間寝起きした。

「私は子供と一緒に暮らしているからあんたを部屋に泊めてあげられないけど、ここでよかったらいつまでも使えばいいよ。」

基本的にはそんな優しい女だった。

ある夜。例によって、したたかに酔っぱらっているときに、店の若い女に誘われて、「まあ、いいか」、となった。

しかし、僕は本質的には人格者（！）であったから、途中で正気に戻り、いやいや、若い娘とこんなことをしてはいけない、「おい、やめようぜ」、ということになった。

翌日、順女にそれを正直に（理性を取り戻し、未遂で終えたのだから、少し誇らしげに）告げたら、なんと、こいつは、即刻その娘をクビにした上に、店の客じゅうに、

「この男はうちの店の女に手を出したんだよ。自分の娘くらいの歳の女に。

助平な男だよ、まったく。しかも、こいつ、馬鹿だから、途中でやめたんだってさ。その気になってた女が可哀想だ。」

そう触れ回って、まだわずかばかりは残っていた僕の信用を地に落とした、そんな恐ろしい女でもあった。

それ以来、店で顔を合わす日本人客たちは、「今度はどの娘ですか？　あなたとかち合うのは嫌ですから、教えておいて下さいよ。」

界隈の中年韓国女たちは、僕を見ると、「おい。若い娘とばっかり寝ないで、たまには私とも寝ようよ。私は途中でやめなくていいからさ。」

フッ。

世話になっていた五ヶ月間は、毎日夜明けまで、呑めやうたえの異常世界だった。

働いている店を終えてそこに集まってくる韓国女たちは、どいつもこいつも酒がべらぼうに強かった。女たちの嘘混じりの身の上話を聞きながら、毎晩シーバス（ウィスキー）が二本空いた。三日に一度は昼に目覚めて吐き、もう今日は絶対に酒はやめるぞ、と決心するのだが、夜明けになると必ず酔っぱらっていた。おかげで酒がずいぶん強くなった。

あの頃を思い返すときりがない。

ある時は、僕を好きな韓国クラブのホステスが酔っぱらってやってきて、呑んでいる僕に抱きついてキスをした。

それがまた、実に濃厚で、実に長々とで、僕も他のお客さんの手前いささか困っていたら、突然、女がキス女の頭を後ろからぶん殴り、キス女が吹っ飛んだ。

そこからが大変だった。立ち上がったキス女が韓国語で何か叫ぶなり、女に飛びかかり、取っ組み合いが始まった。

酔っぱらいの女同士の取っ組み合いの喧嘩なんて初めて見るもんだから、もう僕はオロオロ。確か、どっちかが鼻血に染まっておさまったが、それがどちらだったかは、もう忘れた。

そんなこんなの連続で、今でも、あの五ヶ月間は現実の出来事だったのだろうか、と首をかしげる時がある。

この女が不思議なのは、自分の情夫でもなんでもないのに、とうとう僕に一円のお金も払わせなかったことだった。普通ならウン百万円だろう。

去年の十二月、深夜。女の新しい店で最後に二人きりになって、一緒に店を出がけに、長年のお礼を言おうと思って、「済まなかったな」、と後ろから両肩に手を置いたら、

女が、

「キャー！」

と叫んだ拍子に二人して床にぶっ倒れた。

「どうしたんだ。」

「いや。お前に襲われたかと思って。」

バカヤロー。人を獣扱いするな。僕にも趣味はあるんだ。

父の命日……………………八月三日

今日は死んだ父の命日だそうだ。

僕は放埓《ほうらつ》が過ぎて、晩年の父の世話をした長姉に、父の死に目にも会わせてもらえず、本来は長男であるので喪主をしなければならなかったが、葬儀への列席も拒まれたため、今日まで父の命日がわからなかった。僕を支援してくれている次姉から今日教えられて、そうかと知った。

父が死ぬ一週間ほど前、別れた娘から、おじいちゃんが危篤状態に陥った、と電話があり、嫌がる長姉に頼んで、最後の面会だけを許してもらって、歌舞伎町から大阪の病院に向かった。

しかし、別れた娘が病院の住所を読み上げてくれたきりで、アクセスも目印も示唆がなく、見知らぬ大阪の外れの街を手探りでやっとこさたどり着いた。それも、長姉夫婦、母親、弟、僕の別れた子供たち、それらが全員病室を退室した後の数時間を、二人きりで会うという、読者の皆さんにはちょっと想像できないような、凄まじい扱いだった。いくら絶縁処分とはいっても、ここまでしなくてもいいだろうに、とも思ったが、人の心に宿した憎悪は止めることができないから、仕方がない。

帰りは、次姉の娘が哀れんで、薬局勤めの後に車で病院まで迎えに来てくれ、「おじちゃんも大変だね」、と笑われた。

晩年の父は、ある時期まで僕を愛さずにきたことが相当に悔やまれたらしく、老いるに従って不肖の息子である僕のことだけを思い、長姉夫婦に引き取られてからも、長姉の眼を避けて毎日のように僕に電話をくれていたが、その電話も長姉夫婦から止められて、三年間ほど音信不通になっていた。

僕が病室に入ると、

「お前が来たのか。」

父は驚き返った表情になった。

「そうか、お前が来たのか…。」

ファミリーから絶縁処分にあっている僕の突然の登場で、父が自分の死を観念したのが、僕にはよくわかった。

父の父、つまり、僕の祖父は若くして結核で死亡し、その臨終のときの光景を、父はよく僕に聞かせてくれていた。父の弟が、臨終前の祖父の枕元で泣き出して、それを叱ったエピソードを披露し、「泣くのは女と相場が決まっている。男は、親や子の死に目にも涙を見せるもんじゃないぞ。泣きたかったら、独りのときに泣くんだ」、そう教えた。

「お前、もう帰れ。男がいつまでもこんな所にいるもんじゃない」、父が言った、「一目会えて、それでもう満足だ。」

こういうときの父は立派な大正男児だった。

「肩身の狭い思いをさせて済まなかったね。」

僕は詫びた、

「肩身が狭いか…。

ああ、そうだな。確かに肩身は狭かったな。」

父が微笑んだ、「それでもあいつが良くしてくれたから」、と長姉をかばった。

「せっかく来たからもう少しいるよ。」

「そうか…。

それなら少し足を揉《も》んでくれないか。寝たきりで足が痛くてな。」

一時間ほど父の細すぎる足を揉んだ。

骨だけだった。こんな足にしたのは自分なのだな、と思った。

「子供たちが集まると、みんなでお前の悪口を言っている。おれは聞こえないふりをして黙っている。長男なんてのはそんなものだ。おれだって妹弟から好かれたことなんか一度もない。

……それでいい。

お前の生き方はお前らしくてそれでいい。そのままで最後まで生き続けろ。お前には特定郵便局長は似合わなかった。」

父が笑った。

「そうだね。あれは駄目だった。」

僕も笑い返した。

「おい。特定郵便局制度は、もう終わったな。」

「お父さん。僕が特定郵便局長の最後の姿を描いてやるよ。」

「頼むぞ。

お前、頼むぞ。」

久しぶりの会話を交わしながら、父の中から、生への執着が一気に消えていきつつあるのを、僕は感じた。

父はいろいろな言葉を僕に残したがっている様子だったが、言葉が思うように出ず、やっと、「あのな、人の一生の評価は、棺桶の蓋《ふた》を閉めきるまではわからないからな。蓋を閉めている最中だってわからない。蓋を閉めきってからだ。お前、頑張れよ。」

か細い声でそう言うと、あとは無言で僕に足を揉ませていた。

数日して父は意識を失い、さらに数日後死亡した。遺骸との接見は拒絶された。

僕は父に約束した郵政民営化と特定郵便局長の本（『郵政——何が問われたか』）を書くために、それから一年間を没頭した。母はまだ健在らしいが、もう十年近く、声にも顔にも接していない。僕を可愛くてたまらない母だったが、おそらく、生きている間は会うことがないだろう。しかし、そういう自分の状況を、さびしい、とは思わないことにしている。

僕は今の人生を「意志して」選んだ。流れに任せてそうなったわけではない。「意志して」歩んできた限りは、どんな拒絶や憎悪を受けようとも、男の子であるから、その道を歩き続けるしかない。

父が死んで、僕は、自分がどんなに父の思考の影響を受けながら生きてきたかがよくわかった。父も僕も、田舎の特定郵便局長の家の長男として、まだ若い時期に、ファミリーのために〈断念〉を自分に強いて生きる道を選ばざるを得なかった。そして、父はそれが全うできたが、僕はそれがどうしてもできなかった。僕のこの十四年の放浪という生き様の根底にある思いを一番理解してくれたのは、実は父ではなかったのか、最近そう思う。

父は、〈家〉を放棄した僕のせいで、住みなれた生家まで捨てさせられて、大阪の地で死んでしまったが、僕は、詫びない。

父親と息子の関係は、それでいい。

街角の弁当屋…………………………八月十六日

この二日間、これまでの疲れからか、咳が止まらず、熱と悪寒が繰り返し襲ってくる上に下痢が続き、ネットカフェで寝込んでいた。哀れなものである。

昨日は一日中食欲もなく、何も食べず寝ていた。何か少しは口にしなくてはと、夕方、この二週間ほど通っている弁当屋に行った。

馴染みのおかみさん（といっても僕と同じくらいの年齢だが）が、

「あんた、二日来なかったね。」

「ああ、風邪で寝ていた。」

と答えると、

「これ、持って帰りなよ。」

豚の生姜焼き弁当に、いなり寿司、みたらし団子、磯辺焼き、アンミツと、あれもこれもくれて、買った品物の三倍くらいになった。

「明日休みで、どうせ捨てるんだからいいんだよ。」

僕のような男に何でこんなに優しいんだろう？　ただただ素直に感謝した。

「あんた、いつも貧乏なの？」

「ああ。貧乏ばっかり。」

小銭を掌に並べていると、おばはんが奥から出てきて僕に近づき、僕の掌にある硬貨を選り分け始めた。五百円玉、百円玉をはじき、十円玉、五円玉、一円玉を一方に寄せるとそれをつかみ、「これでいいよ。」

お客が数人入ってきた、「早く取らないと、なくなっちゃうよ。急ぎな。」

僕の弁当を包みながら、おばはんが言った。

「あんた。ずっと、女に助けてもらって生きてきたんだろう。」

「何で？」

「それくらいわかるよ。」

あ、そう。

どの彼女が本命?……………………九月七日

昨日は、ある週刊誌の記者であるS氏と芝で数時間話し、歌舞伎町二丁目に繰り出し、〈歌舞伎町の女〉の店に入り、例によって、大酒を呑んだ。

歌舞伎町にのめりこんでいた七年前のことだ。深夜の韓国パブで、一人の若い韓国女がドアを開けて入って来たとき、その顔を見た瞬間、「ああ、遠い昔から知っている女と、長い間会わずにいて、何十年かぶりに懐かしいその顔を見た」、そんな不思議な感覚に襲われた。

これは、山本周五郎の恋愛小説によく出てくる表現で、僕が女との出逢いのときに大切にしてきた感覚だったから、初対面の女に、

「こんなことは、そうあるもんじゃない。お前、僕と真面目につきあってみないか。」

そう言った。

「うん、いいよ。」

その頃は楽しかった。

この〈歌舞伎町の女〉には、ずい分と親切にしてもらったのだが、僕は極貧から抜け出せず、女は姉のつくった借金の返済に追われて、歌舞伎町を離れてからは会うこともなかった。

女はまだ三十九歳(出逢ったときは、僕は四十九歳、女は三十二歳だったのだ、)だが、かなりの頑張り屋で、姉の借金返済のためにホステスをやめて、パブを経営し、今はミニクラブ

のママだ。

「この人（僕のこと）は、自分だけの世界を生きている人だから。」

女が、笑いながらS氏に言った。

「七年待っているんですけどね。」

S氏が、

「七年?」

キョトンとした顔で訊き返していた。

こらこら。そんな言葉を信じるな。それは社交辞令。

「でもね、この人は不思議な人なのよ。いつも貧乏で、お金なんか全然ないのに、なぜだか、みんながこの人を助けようとするの。得な人ですよねえ。」

JR新宿駅に向かう道すがら、僕より二十五歳も若く真面目なS氏が、少し批判的な表情で、

「世川さん。〈四駅先の女〉と、中国の〈四十歳〉と、さっきの人と、いったい、世川さんは誰が一番いいんですか?」

と訊いてきた。

「あなたは誰が一番だと思う?」

「うーん。三人ともいい人ですよね。」

わかっているじゃないか。それがすべてだよ。

お金は渡さない…………九月九日

一昨日、歌舞伎町の帰りに、久しぶりに真昼の上野を散策した。

アメ横をぶらついていると、店じまいのジュエリー店が、安売りをしていた。

そう言えば、〈四駅先の女〉に何かを買ってやったことなど、この十四年ほどない。ちょうど週刊誌からもらった取材料がポケットに残っていたので、柄にもなく、子供だましの安いピアスとネックレスを買った。

〈四駅先〉に帰って、女の店に行き、ほらっ、と紙袋を投げると、女が少しは嬉しそうな顔をしながら、

「浮気のお詫び？」

ムムッ、まあ、そんなものか。

女の住んでいるマンションの前まで送る道すがら、

「今は貧乏だから、モノよりお金のほうがいいな。」

〈四駅先の女〉が言った。

「それは駄目だ。」

と僕は答えた。

「僕は大勢の人からお金の世話になって生きてきた。その恩返しもしないうちにお前にお金を

渡したら、僕はあの人たちから軽蔑される。だから、お前がどんなに困っていても、お金は渡さない。」

「そうだね。わかった。」

素直にうなずいていた。

しかし、この十五年間に人さまから受けた恩を振り返るなら、今までお世話になった人たちに恩返しをしているうちに、おそらく僕は老衰を迎えることだろう。

僕から一円のお金も手渡されることもなく終わる、なんて可哀想な〈四駅先の女〉！

〈四駅先の女〉は恐ろしい……………………………九月二十六日

昨夜は、〈四駅先の女〉と深夜一時まで飲んだ。

日頃は一滴の酒も飲まない女が、「今日は私もビール飲もうかな。」

「僕の奢《おご》りでお前の払いならナ。」

小突かれた。

午前一時になって、

「僕はもう帰るぞ。」

「待ってよ。私も帰るから、送って。」

「店は二時までだろうが。」

「今夜はもういいんだよ。」

五百メートル先の女の部屋までの道を二人で歩いた。

「あんたネ。気持ちは若いつもりでも、もうおじいちゃんなんだから、若い女には相手にされないんだよ。」

「まだ五十五歳だよ。」

「おじいちゃんでしょ？　孫がいるんでしょ？」

「僕が早く結婚して、娘も早く結婚しただけじゃないか。」

「だから、孫がいるんでしょ！」

「ハイッ！」

「みっともないことは、もうやめなさいよね。」

「……。」

マンション前の陸橋までの道のりが、昨夜はやけに長かった。

ネットカフェ、深夜の騒動記……………十月六日

早目に本日の日記を書き終えた、と思ったら、なんと、ネットカフェは、もう滅茶苦茶。

ヨッパライが逗留《とうりゅう》していて、昼間はおとなしかったが、夜になって騒ぎ始めた。僕の三つ隣のボックス。後で聞いた話では、今日一日中、ボックスの中で、持ち込んだ酒を飲み続けていたのだという。めでたいやつだ。そして十時になって、何やらわめき始めた。

舌打ちしながら僕はパソコンに向かっていたが、突然、「もう、いい加減に静かにしろよ」、という男の声がした。「みんなの迷惑でしょ。あんた、この店、出入り禁止よ」、女の声もした。少しチンピラがかったヨッパライに意見するのだから、この男女もその手の人間かと聞き耳を立てた。

「何だ、この野郎、ぶっ殺すぞ!」

ヨッパライ男の怒声がして、何やら激しく割れる音がした。後で聞いたところでは、ヨッパライが、手にしていたグラスをぶつけたのだという。

僕は一一〇番に電話した、「早く来てくれ。」

「場所は?」

ボックスがぐらつき、男同士が殴りあう気配がした。

勝負は一発で決まったみたいで、若い声が、「謝れ!」、若い女の声が、「お前なんか、この店から出て行け!」。ヨッパライの声はなかった。

店の女の子が駆けつけて、「出て行ってください。」

「おう。出て行ってやる。金返せ」、「清算はさっきしていますから、そこからのお金はいりませんから出て行ってください」、「今まで払った金はどうするんだよ。昨日から払った金を返せ！」

もう滅茶苦茶。後で聞いた話では、店の女の子の膝を蹴りあげたらしい。

「こりゃあ、もう駄目だ」、僕は警察を迎えに一階に下りた。

待つ身は長い、と言うが、本当だ。十五分ほどして、やっとパトカーが来た。六人。僕の説明を受けてネットカフェに向かった。それからしばらくして、今度は救急車が来た。

救急車？　あれから何が起きたのだろう。

一階にいると、やがて、四十五歳のヨッパライ男が担架で運ばれてきた。頭に包帯を巻いて、意識おぼろ、という感じだった。

店に戻り、残っている警察官に事情を説明した。こんなときは嫌だね。今の僕は住所不定男だ。「注意をした男女は立派でしたよ。あの人たちのためなら、いくらでも証言します」、と言ったところ、「あの人たちですよ」、警察官が指さした。

見ると、通路の向かいに、まだあどけなさの残る顔をした青年が三人、立っていた。男の子二人、女の子一人。きっと、まだ二十歳過ぎだろう。

急に自分が恥ずかしくなった。

「あなた方は立派でした。僕はこんな弱虫の中年で、一一〇番するしかできなくて済みませんでした。あなたたちのためなら、いつでも証言をします。」

そう頭を下げると、三人が、ニコリと微笑み、「ありがとうございます。」

少し救われたような気がした。

ヨッパライのボックス前の通路は血糊《ちのり》だらけだった。どうも、この血糊というやつが、僕は苦手だ。殴られた弾みに、ヨッパライ男が、砕けたグラスの破片で額や頭を切ったという。そう言えば、通路に破片が散っている。

「じゃあ」、三人が、笑みを浮かべながら僕に挨拶して店を出ていった。いい笑顔だった。

いま、店内は大掃除中。店長や女の子が必死で床を拭いている。これで、今夜はこの店に平安が戻るだろう。

今夜の客はほんの数人になった。まあ、こんなことのあった直後だから、皆帰るのも仕方がないが、優しい店長が可哀想だな。

しかし、あえて、自分の臆病さを棚に上げて言うが、いま時の青年、棄《す》てたもんじゃない。見上げたもんだよ風呂屋の煙突だ。

世川行介の緊急ルポ、でした。

お嬢さん。別れたほうがいいよ……………………十月七日

僕は毎日夕方六時前後、ネットカフェ一階前のレンガに腰掛けて友人と電話するのを日課としている。夏場は夕涼みを兼ねていて、薄赤く暮れていく空を眺めるのも風流だったが、この頃は、その時間はすでに周辺は薄い闇に包まれ、夜風がいささか薄着の肌に寒い。

今日も、薄闇の中、島根の淑子としゃべっていたら、隣に人の腰掛ける気配があった。振り向くと、〈四駅先の女〉だった。あれっ？

あわてて電話を切り、三週間ぶりの顔を見ると、「はい」。差し出されたのはミスドの紙袋だった。いやいや、お気遣いをありがとう。

それから、ケンタッキーでメロンソーダを買ってきて、レンガに腰掛けながら二人で飲んだ。いろいろな事をしゃべったのだが、世川行介、最近の行動に後ろめたさがあるものだから、どうも、会話がイマイチ弾まない。話題を探してきても、一言で途切れ、あらあら困った、また次の話題、といった繰り返し。ふむ、人間、後ろめたい生き方をしてはいけないな。

「明日、小岩の姉さんところに行くからね」、「帰ってくるのか」、「うん」、「いつ」、「あんたにお金ができたら電話して」、それじゃ、ずっと小岩だな。

しかし、僕もなかなか賢かった。三十分ほどの会話の中で、ただの一度も、「新宿」とか「歌舞伎町」という単語を使用しなかった。立派、と褒めてやりたい。

弾まない会話に愛想を尽かし、「もう、韓国に帰ろうかな」、そう呟《つぶや》きながら〈四駅先の女〉は去って行ったのであった。

男と女で思い出したが、昨夜、ネットカフェ、僕の真後ろのボックスで、若いアベックが深夜一時から朝六時まで、言い合いをしていた。

一日前の女の行動報告に嘘があって、「それは、他の男と何かあったのではないか」と疑う男が、しつこく、しつこく、女の子をなじっているのだ。

「私が、他の男としゃべっちゃいけないの？」、「いけないとは言わないけど」、「何にもないよ。絶対ないよ」、「だったら、なんで嘘を言ったんだよ」、まあ、この男、若いくせして、グジグジと同じことを言い続けるのだ。

こんな若いアベックのこんなやり取りを「痴話喧嘩」と言っちゃ失礼な気もするが、紛れもなく痴話喧嘩だ。深夜の声はよく通る。店内に筒抜けだ。こらこら、そんな喧嘩、ラブホテルにでも行って、密室でやれ。こんなところに来て他人にまで聞かせるな。

しかし、この男の子のくどさ。こんなの久しぶりに見た。

よくも、まあまあ、五時間も、「お前に嘘をつかれた」、「お前の言い方は何か怪しい」、「何で俺に隠したんだ」などと、女が返事できないようなことをグチグチ言えるものだ。

人のことはどうでもいいと思って生きてきた僕ではあるが、さすがに、たまに小さな声で反論しながら耐えている女の子に、深く同情した。

お譲ちゃん。おじさんが教えてやる。こんな男とはすぐに別れろ。この暗いしつこさと何年つき合っても、君は幸せになんかなれない。こんな男に限って、自分に新しい彼女ができると、説明責任を放棄してトンズらするんだ。

まあ、そう言っても、あの耐え方を見ると、惚れた弱みで無理だろうな。

〈暗い嫉妬心〉を常備している男とくっつくと、女はろくな目に遭わない。

マージャン明けの新宿コマ劇場前の記憶……………………十月三十日

少しまとまったお金が必要で、夕方からまた、近場のマージャン屋に出かけた。

まず一番は、薬代だ。降圧剤が明日で切れるのだが、先日も書いたように、半年ほど前に、保険証が失効になった。張邦光先生に頼み込むつもりではいるが、そうは言っても、無保険は無保険だ。無保険でやるとどれくらいかかるのかが、皆目わからない。とりあえずはそのお金をつくらなければならないのだ。

そして、二番目にはあれ、三番目がこれと、なぜかここ数日中に支払いが集中していて、先日もらった原稿料では全然足りゃしない。貧乏人は大変なのだよ。

しかし、幸いなのは、マージャンを打つ若干の元金ができたということ。元金さえあれば、何とかマージャンで増やせるぞ、と思うところが、僕の不敵さとたくましさだな。

今夜の成績を言うと、一週間ほど前に負けて店からの借りになっていた一万六千円を返し、二万五千円勝って、その後、さらにY市にまで出かけ、もう一軒の店で四千円勝ち、結局、手取りで一万円チョイ増やして十二時に帰ってきたが、必要な金額にはまだ遠く、この調子だと、明日も明後日も通わなければ仕方がない。

今のマージャン屋のレートだと、六時間（僕の経験から、冷静に打てる限度だ）真剣に打って、ゲーム代を引かれ、手取りで三万円得れば御の字だ、という気がする。すべて、そこそこの元金があっての話だが、一日の出費が一万円程度で抑えられれば、マージャンで喰っていくことも不可能ではない。

僕が、現行のフリーマージャン屋のレートで最高に勝ったのが、新宿時代、七十時間寝ずに打ち続けて三十六万円勝ったときだ。あれ以上の稼ぎは一生できないだろうし、それどころか、あの金額を稼ぐのも、もう一生できないだろう、と思う。

歌舞伎町でマージャンで喰っていた時期、ネットカフェ代、サウナ代、食費、タバコ代などを計算すると、どうしても、毎日最低二万円はかかった。その上に、取材しようと思って女の店を覗《のぞ》く日は、それに三万円が追加される。

僕はマージャンの強い男ではあったが、一日おきに五万円勝ち続けるのは、やはり無理だった。毎日確実に二万円の元金は費消されていくわけだから、つねに勝ち続けていないと、ある日どこかで元金が途切れる。元金が途切れたら、マージャンは打てなくなる。だから、体調が悪くても、「元金のなくなる前に稼いでおかなくちゃ。」という焦《あせ》りで、とにかく毎日マージャン屋に通った。

そういうパターンの博打が勝ち続けられるはずがない。当然のごとく、何日かに一度は文無しの無宿者になった。

新宿コマ劇場前の立ち食い蕎麦屋（ここの蕎麦が一番安くておいしかった）で蕎麦を貪りながら、白々と明けていく空を、無力感と共に眺めたことが何十度もあった。

広場で段ボールベッドに横たわったホームレスの群れを見つめ、「いつかは僕もあそこに行くのだな」、まるでそれが自分の既定路線であるかのような気分になって、滅入ったものだ。

いま思い返しても、新宿コマ劇場前の夜明けは、本当に不思議な夜明けだった。深夜と変わらない数のネオンが光っているのだが、朝の薄い光に、ネオンの光は次第に存在感をなくし、そのうちに、気がつくと、さっきまでそこいら中に群がっていたはずの呼び込みたちの姿が、界隈から一人残らず消え失せているのだ。

この世に自分ひとりが取り残されたような、そんな奇妙な朝の感覚だった。

青少年の孤独感？……十一月二十三日

さっき、NHKニュースで、今日開催された、昨今の青少年による殺人事件についてのシンポジウムに関して、芹沢俊介（評論家）の発言の断片が流れていた。もう何十年来の彼の持論だから、二言三言で何を言いたいのかはわかったが、それよりも、ずい分禿《は》げていて、びっくりした。皆、歳をとるのだな。

青少年の孤独感が問題だから、これをどうにかしなくては、といった話で、テレビには、真面目そうな顔をした中年男女たちの姿が映っていた。

しかし、僕は思うのだが、少年期や青年期に孤独を意識しない人間なんて、この世にいるのだろうか？　いるとしたら、そんな人は、よっぽど幸福か、よっぽどおめでたい人間だとしか思えない。

僕は、孤独は人間の属性だと思ってきたから、青少年の孤独感をどうにかしてやれなんて主張には、首をかしげざるを得ない。仮に、青少年の孤独に気がついて、気がついたからと言って、彼や彼女たちの孤独感をどうにかしてやれるのだと思っているのだろうか？

それは思い上がりもはなはだしく、また、そういう対処療法は過保護に過ぎる、と僕は思う。それよりも、子供の時から、「人は生まれついた時から孤独なんだ。孤独に耐えられる人間になれよ」、と教えたほうがずっといいような気がする。

人は、オギャーと泣き叫んでこの世に生まれ、〈関係の不幸〉に七転八倒を繰り返し、最後はもがいて死を迎えるように決められた生き物だ。孤独感がないほうがどうかしている。

空っぽの財布を盗まれた……………………………………十一月二十八日

昨夜十時過ぎから昏々《こんこん》と眠り続けて、目覚めたら朝の八時だった。

相当に躰がくたばっている。

財布を盗まれていた。いつも空っぽではあるが、十数年御愛用の財布だった。カウンターで尋ねても、落し物の届出はない、と言う。空っぽの財布を盗むなんて、なんて頓馬《とんま》なやつだろう。

ただ、銀行のキャッシュカードが入っていて、僕は元特定郵便局長なので、送金は九九パーセント郵便局だが、どうしても銀行利用、の場合は、そのキャッシュカードを使っていた。

それができなくなった。ふむ、ちょっと困った。

ものの見事に、過去と関連性のあるものが身辺から消えていく。僕らしいと言えば僕らしい。

こうやって、愛着のあるものを失っていくのが、歳を取るということなのだろう。まあ、形あるものは消えていけばいいのだ。

とうとう、手元に残ったのは、郵便局の通帳と、死んだ父親からもらった象牙の印鑑、〈四駅先の女〉の部屋に預けてある『人間失格』の文庫本、だけになった。

それだけが、僕の十五年間の証しだ。

あんなものを盗撮して、何が楽しいんだろう?………十一月三十日

僕は最近、よく電車に乗るので、太い脚と短いスカートの女子高校生たちの姿をよく見かけるのだが、不思議でならないのは、あの短いスカートの中を盗撮しようと考える男たちの心理だ。あんなスカートの中に、何か美しい宝物でもあるかと思ったらとんでもない話なのだが、それをわからない男が多すぎるのだろう。

しかし、あの女子高校生どもの態度、あれは、深夜の歌舞伎町に立っている街娼と一緒だな。

あんな小娘たちを盗撮したり痴漢したりして人生を棒に振るなんて、間尺《まじゃく》に合わないと思うのだが、それをやるところが人間か。

ところで、昨夜知ったのだが、以前懇意《こんい》にしていたオーバーステイの韓国女が、一ヶ月ほど前に、偽装結婚ビザで捕まって、強制送還されたのだという。

〈四駅先の女〉が先々月の一ヶ月間、店を休んでずっと小岩に行っていて、何しているんだろう?と訝《いぶか》しく思ったりしたが、それを怖がってのことだったみたいだ。

僕もそうだが、彼女たちも、切れたら地獄に落ちる綱渡りの人生を生きているのだ。

『地デジ利権』が届いた……………………………十二月四日

世川行介著『地デジ利権』が出版社から届いた。

自分で書いた「あとがき」を眺めながら、「考えてみれば、これも一生懸命書いた原稿だったな」、と思った。

幸いなことに、と言おうか、チェッ、やっぱりあったぜ、と言おうか、献辞のページには、ちゃんと〈四駅先の女〉の姓名が記載されていた。

仕方がないので、今夜、〈四駅先の女〉に一冊贈呈した。

「あら、本当に私の名前がある!」

驚きの表情を浮かべた後、恍惚《こうこつ》（！）の表情で僕を見た。

「当たり前さ。最初にそう言ったじゃないか。」

僕は澄まして答えたのであった。世川は嘘を申しません。

しかし、「これで義理は果たしましたので、では、これより〈四十歳〉の元へ。」なんて言葉を口にしたら、きっと殺されるな。と言うほどに、愛情プンプンのにじり寄り方であった。

お客がカラオケをうたっていた。

「ふられても〜、あきらめの悪い女だよ〜」

カウンターでお茶を飲んでいる僕たちにも聴こえた。

「あれ、私のことだからネ。」

ああ、そうだったの。


この本は〈四十歳〉には見せられない。

と思っている相手から電話があった。

「あれから電話もなしで、何をしてるのよ。」

「いや、本が出来てね。お前と祝いたいと思って、今日歌舞伎町に行ったんだけど、お前に渡そうと思った本を、偶然会った人にあげちゃったから、それじゃあつまんないと思って、帰ってきたんだよ。」

「本はクリスマスプレゼントでいいから、すぐに会いに来てよ。」

「でも、やっぱり、お前に本を見せて出版を祝ってもらいたいし。」

行けるわけがないじゃないか。見せられるわけがないじゃないか。

「これ、誰なのよ。また、韓国人女？」

そのときの顔が眼に浮かぶようだ。

ふーむ。今から、対応策を考えておこう。

また上野のネットカフェ店長に救われた…………………十二月五日

昨夜、九時近くになって、〈四十歳〉から電話があった。

「どこにいるの？」

その時、僕は、上野の近くにいた。

「お祝いしてあげるから、歌舞伎町まで出ておいでよ。」

「僕は文無しだよ。」

「いいの。お祝いしてあげるから。一時間もあれば来れるでしょ？」

「まあな。」

「今、本を持ってる？」

「ああ。」

「それ持って、すぐにおいでよ。」

歌舞伎町に着いたのは、午後十時直前。区役所通りの女の店に入った。

「こんなにたくさん書いたの？　大変だったでしょ。」

優しい言葉を受けて、乾杯した。

「でも、二千円って、高いねえ。もう少し安かったらいいのに。」

〈四十歳〉がペラペラとページをめくる。

どうか神様。献辞の箇所でこいつの視線が止まりませんように。

どうか止まりませんように。

どうか、神様！

あらっ、止まった。

「いま、もっと一生懸命書いている本があってナ。こんな難しい本じゃなくて、歌の本なんだけど、その本には、そこに書いてあるみたいに、お前に捧げるって書こうと思っているんだよ。この本には、世話になった人二人を書いたけど、今度はお前の名前だけを書くつもりでいるんだ。」

「私に捧げるって、書いてくれるの？」

視線がこちらに移動した。

「ああ。もちろんだよ。だって、もう、僕には、お前しかいないもん。」

顔馴染みの女が一人やってきた。

「世川さん、今度、この本が出たんだよ」、と見せた後、「次の本は、私のために、って書くんだって。」

「あんたは、愛されていていいね。」

「フフ。」

よーし、余部《あまるべ》鉄橋、無事通過！

風次第では、二百メートル下まで落下しかねないところであった。献辞の贈呈相手を、〈四駅先の女〉一人にせず、男女二人にしておいて成功だったな。

「おい、お祝いのキスは？」

「それはクリスマス。」

「クリスマスはラブラブだろう？」

「馬鹿。」

楽しいひと時が、あっという間に過ぎて、エレベーターに二人見送りに来た。

もう一方の女が、

「世川、あんた、今夜はいい男だね。」

「お前も、バスト七八センチの割にはいい女だよ。」

「わかるの？」

「わかるさ、この胸…、」

女の胸に手をさし伸ばしたのと、僕の後頭部でバシッという音がするのが、ほぼ同時だった。

「恥ずかしいことはやめなさいよね。」

痛かった。

と、上野にまでは何とか帰ったのだが、ポケットを探ると、百円玉が数枚しかない。

ネットカフェに入った。

「悪いけど、明日の朝の清算でいい？」

「いいですよ。でも千円コースはなくなりましたよ。」

「泊めてもらえればいいの。」

「世川さん。『アサヒ芸能』の文章、読みましたよ。なかなか良かった。」

そう言ってくれて、本当にありがとう。


ところで、いま、朝の八時。

文無しの僕は、このネットカフェをどうやって出るのだろうか。

無邪気な発言で運命が変わる時もある……………………十二月十日

昨夜から、ただひたすら、わが身を抱きしめて眠っていた。

途中何度か眼が覚めたが、背筋が寒く、起き上がれる体調じゃなかった。額に手を当てると、自分でも熱が高いのがわかった。

午後五時半になって、弁当屋に行き、半額以下弁当を袋一杯もらって帰ってきた。とにかく、少しでも腹に押しこんで体力を戻すこと。自分にそう言い聞かせながら、いま、食欲もないのに、弁当を食べている。

〈四駅先の女〉に電話したら、「躰に気をつけてね」、妙に優しい声だった。

この日記の長い読者は知っていると思うが、去年の今頃、僕は、身も心も、真実疲れ果てていた。これからどうして生きていこうかと行き暮れていた雪の夜、女から電話がかかってきて、

「あんた。そんな街早く出て、私の近くにおいで。」

そう言われて、春先、痛風の右足を引きずりながら、この〈四駅先〉に流れて来たのだった。これも以前にも書いたことがあるが、四年前、女はY市の韓国パブで働いていて、僕は、Y市からそう遠くない習志野市津田沼のネットカフェで、『郵政——何が問われたか』という本の原稿を書いていた。

その五ヶ月間、執筆に疲れるとY市に出向き、女と会った。

「なあ、もう一回やり直すか。お前がこれまで何百人の男に抱かれていたって、僕は構わないぞ。」

僕の言葉に、気の強い女が初めて泣きじゃくったのが、十二月。ちょうど今日のように、冷たい夜風が露地のそこかしこを走っている夜だった。

『郵政——何が問われたか』の原稿を書き上げたのは十二月の下旬で、報告に〈四駅先の女〉

の働いている韓国パブに行ったら、女は休みだった。

代わりに隣に座った女が、雑談の中で、「お姉さんはネ、正月はバンコクに行くんだって」、と教えてくれた。

僕の知っている〈四駅先の女〉はオーバーステイだ。普通なら外国旅行なんてできるわけがない。そうか、あいつ、日本人と結婚していたのか、と思った。店を訪ねるたびに僕をすごい形相で睨《にら》みつける男の顔が、いくつか浮かんだ。

その頃の僕も、今ほどではないが、島根のI君からの仕送りで息をつないでいる貧乏男だった。とても、他の男と女を奪い合うような元気はなかった。

あいつの幸福を邪魔しちゃいけないな。そう考えた。十二月三十一日、原稿の完了を確認すると、〈四駅先の女〉に別れも告げず、津田沼駅から大阪に向かい、それから、放浪を始めた。

三年経って北陸放浪から帰ってきた頃、ある韓国パブで、酒の肴《さかな》にそんな思い出話をしていたら、隣にいた韓国女が僕にこう言った。

「世川さん。それ、あなたの勘違いだよ。間違いだよ。

あなた、そのとき隣についた女にからかわれたんだ。」

「何が?」

「あのね。日本にいる韓国女の間では、『正月にバンコクに行く』ってのは、何もしないで部屋で過ごすという意味なんだよ。」

「……。」

一つの隠語を知らなかったばかりに、他人の無邪気な発言一つで男と女の運命が大きく変わる。そんな漫画みたいなことも、この世には本当にあるものだ。

若者は国の宝……………………………十二月十三日

朝まで書き続け、夕方に目覚めた。

弁当を買いに行って戻ると、背筋がゾクゾクして、食欲もなく、さっきまでわが身を抱えて眠りこくっていた。

今は深夜三時だ。八時間余り眠っていた勘定だ。少し悪寒はおさまっているが、眼の裏がだるくてしょうがない。これを書いたら、また横になろう。

この症状も長いので、ちょっとつらいものがある。明日は少しお金を工面して、張邦光先生の病院に行ってこようと考えている。

最近新聞に出ている、保険証を持たない子供たちの哀れさが、僕には他人事でなく、よく理解できる。政府や役人は、中学生までは無保険で受診できるようにする、なんて言っているが、とぼけなさんな、と言いたい。未成年を保護できなくなったら、近代国家は終わりだ。二十歳までは、どんなことがあっても国家が保護すべきなのだ。

二十歳までは未成年だと、参政権も与えずに半人前扱いしているくせして、こんな時になると成人扱いにする。国家から粗末にされた未成年たちが社会を斜めに見るようになるのは、当然だろう。教育がどうのこうの以前の問題だ、と僕は思っている。

思考能力もなくなってボワーッと横たわっていると、突然、後ろのアベックボックスで、若い男女（当然そうだと思う）がラブラブを始めた。なにせ、すぐ後ろなものだから、ストレートに声が流れてくる。アーだとかウーだとか、おいおいって感じだ。僕のボックスだけでなく、きっとそこいら中に聞こえているのだが、止まらない。

しかし、これが若さというものなのだろう。

そう思うと、自分の顔に笑みが浮かぶのがわかった。考えてみれば、僕だって若い頃はそうだった。好きな女の體《からだ》のどこでもいいから、いつも触れていたかった。

女を「愛しい！」と思って抱きしめたがる若い男の気持ちを笑ってはいけない。そういう恥ずかしい思い出をあちこちに撒《ま》き散らしながら、少年は大人になっていくのだ。

「頑張れ青年。人目なんか気にせずに、どんどん愛し合え！」

心の中だけで声援を送った。

お邪魔をしても悪いので、煙草を買いにコンビニまで行き、帰ってきたら、今度は楽しそうな語らいの声が聞こえていた。いいことだ。

世の中、いまに、もっと不景気になって、若いアベックはラブホテルに行くお金さえままならなくなる。貧しい時には貧しいように愛し合えばいいのだよ。

そう言えば、僕の息子もこんな年齢か。五十代も半ばを過ぎて、〈四駅先の女〉だとか〈四十歳〉だとか、馬鹿を書いている場合じゃないな。ちょっとばかり反省した早朝であった。

OH！〈四十歳〉……………………………十二月十六日

一昨夜。深夜一時も回ってから、電話が鳴った。日曜日の深夜一時に電話なんて、〈四駅先の女〉のSP依頼しか思い当たらない。ホント人使いの荒いやつだな、と思いながら電話を見ると、なんと、愛しい〈四十歳〉から一週間ぶりの電話であった。

つい居住まいを正して、「こんな時間にどうしたんだ？」

〈四十歳〉が日曜日の深夜に電話をよこすなんて、八年間で初めてだ。ほんと、何かあったのではないか？

「躰、大丈夫？」

胸に沁みいるような優しい声であった。

「この一週間、ずっと、起きたり寝たりの繰り返しだよ。」

僕は少しつらそうに答えた。

「私も今週は風邪でずっと寝ていたの。そっちも寒いでしょ？　気をつけてね。」

水商売に生きる女が日曜日の深夜なんかに電話をしてくるというのは、僕はとても好きなのだ。昔一緒に暮らしていた韓国女が、日曜日に男から電話があると、「シー」、と指を立てて僕

を黙らせ、

「オッパ（『お兄さん』が転じて『あなた』の意）。私、オッパ（の）こと、愛してますね。はい、私、彼氏はいませんよ。いま、独りで食事していますね。」

なんて適当なことを言って電話を切った後、「日本人オトコ、馬鹿ねえ」、と嘲笑《あざわら》ったものだった。もちろん、自分のほうからなんか電話するわけがない。

それ以来、水商売の女と仲良くなると、休みの日に必ず電話をくれること、僕からの電話には出ること、を条件にしていた。その条件をクリアしない女とはつき合ったことがない。

深夜のネットカフェでは大声で話せないから、スススッと身を滑らせて店外に出た。

「なあ。お互い、寝たっきりだったら、抱き合って寝ていればよかったな」、と言うと、

「フフフ」、と含み笑いの後、「あんたって、ほんと馬鹿だねえ。」

そうなのだ。最近は、「あなた」が「あんた」に変わってきているのだ。これは親愛なのか軽蔑なのか。

「私が上海に帰るまでに会えるの？」

「もちろん会うさ。躰が治ったら、すぐに歌舞伎町に行く。」

と言った後、先日の後ろのアベックを思い出し、「僕はネ、早くお前とラブラブしたいんだよ。」、熱い想いを言葉にした。

心地よい回答を期待した。できるなら満額回答を、と願ったのに、「じゃあ、おやすみね」、ただそれだけで、素っ気なく電話が切れた。

フム、部屋に一人娘がまだ起きているんだな。

髭面の娘だったりして。

昨夜九時のNHKニュースに、僕の「お友だち」が大勢放送されていた。日雇い、派遣切り、ネットカフェ、ホームレス、地下道、段ボールベッド、ゴミ袋あさり……、お馴染みの単語や映像が矢継ぎ早に流れていた。

昔、『異国の丘』という歌があって、ある時期、日本国中に散らばっている同業者のことを思って、「我慢だ待ってろ嵐が過ぎりゃ　帰る日が来る朝が来る」、と口ずさんだことがあった。最近、ホームレスたちの映像を見ると、その歌が口から出てくる。

もう十二月も半ばだ。とうとう今年も、貧乏で始まり貧乏で終わりそうな僕であるが、せめて今年の思い出に、〈四十歳〉とのラブラブシーンがないものかしらん。

若い子はいいなあ……………………………………十二月二十一日

夕方の池袋、二時間近く人を待った。

寒かった。夜風に震え上がり、倒れるのではないかな、と思った。やっと会えて、悪寒をこらえて話をしたが、どうも会話に弾みがつかなかった。

帰りの電車で、若い男女の四人グループが隣に座り、酔った勢いからか、見も知らぬ僕に盛んに話しかけてきた。

そのうちの一人の女が、

「私、歌が夢なの。」

と言う。

「そりゃ、いいね。夢を持つっていいよ。」

と答えると、すごく嬉しそうな表情になって、言葉を続けた。

「私ね、ずっとクラブシンガーをしていたの。子供が出来てやめたんだけど、やっと子育てに一区切りついたから、この間から、ピアノの勉強を始めたのよ。

私、今三十歳。子供が三人いるの。もう若くないけど、六十歳になってもうたっているおばあさんもいるじゃない。だから、私も頑張ってうたい続けてみようかな、って思っている。」

三十歳で、もう若くない、なんて言われると、僕なんか立つ瀬がない。僕は四十八歳から夢を始めたんだよ、と言おうかと思ったが、いかにもしゃらくさいので、やめた。

その女の子（僕にはそうとしか思えない）の笑顔を見ていて、人には、誰にでもいいから背中を押してもらいたい、という時があるのだろうな、と思った。

だから、思い切り背中を押してやった。

「それって、いい夢だよ。頑張りなさいよ。やればできるさ。」

僕の言葉を受けると、目の前に立っている亭主（当然ながら、これも若い青年だった）らしい男を見上げて、嬉しそうにうなずきあっていた。

自分でも奇妙でならないが、僕は、こういう若い子供たちが、たまらなく好きだ。

〈四駅先〉に電車が着き、立ち上がると、「おじさん。ありがとう。おじさんも頑張ってね」、四人の男女が手を振った。

おじさん呼ばわりは、僕のプライドをすこぶる傷つけ、いただけないが、それでも少しいい気分だった。僕もこの子たちに負けていられないな、と自分に言い聞かせた。

僕に幸福なクリスマスイブは来るのだろうか……………十二月二十二日

昨夜は躰の調子が良かった。栄養剤とホカロンのおかげだな。

今日はどうしても病院に行って、降圧剤を貰《もら》わないと、明日が駄目だ。ふむ。

『地デジ利権』よ、たくさん売れろ！と願うのだが、これも一向にそんな気配がない。ふむ。

昨夜、〈四駅先の女〉から電話があって、「アイスクリーム、食べる？」

「うん。」

「マンションの下まで来てよ。」

おじいさんは、冬の夜風の中を、アイスクリームをもらいに歩きましたとさ。

T君ではないが、確かに〈四駅先の女〉は美しく、やっぱ、こいつは〈四十歳〉よりも美人だな、と思った。気立てもいいしなあ。

しかし、年齢。

四十歳と五十一歳の間には、埋めようのない隔たりがある。ここで優しくなってはいけない。そう心に強く言い聞かせ、「じゃあな」、と別れた僕であった。

情け一秒、悔い一生。

この戒めを厳守しようと決めて、早三年。すっかり女っ気を失った僕である。昔の悦楽は今いずこ、ってとこだな。

一昨日は、池袋まで出て、〈四十歳〉から何度も電話があり、〈四十歳〉は僕に会えるかと思って、休みなのに、

「私、いまどこかわかる？

ほら、音が聞こえるでしょ？

シャワー中！」

シャワーして、化粧して、ずっと僕を待っていたのに、十時にもなってから、「お金も時間もなくなったから、真っ直ぐ帰るわ。」

まあ、これで怒らないほうがどうかしてるよな。

「…、わかった。」

ガチャン。

それっきり電話もない。

T君が電話をくれて、

「おい。クリスマスイブ、二人でお茶しようか。」

結局、ここか。

あと七歳若ければいい女……………………十二月二十四日

この〈四駅先〉に一軒だけ、深夜に煙草を売っているコンビニがあって、二時前に散歩がてら、二十分ほど往復した。

途中に〈四駅先の女〉のマンションがあり、まだ店だろうなと見上げながら、この一年間、あいつには、何一ついいことをしてやれなかったな、と深く反省した。本に献辞を捧げただけだったたな。

あと十歳、いや、せめてあと七歳若かったら、〈四十歳〉なんかに惑わされずに、この女で我慢するのだが。

別れた細君と三歳しか違わない女とデレデレするなんて、別れた細君に申し訳が立たない。元夫の仁義だ。

十四年前にはラブラブだったじゃないか?

そんな古い昔のことなんか、それは君、忘れたよ。

僕は、僕と別れた後の〈四駅先の女〉の男を二人ほど知っていて、

「おい。あいつは今どうしているんだ？」

と訊くと、

「えっ？」

「あの、お前が年齢をごまかして一緒に暮らしていた年下のやきもち焼きだよ。」

「ちょっと、トイレに行ってくるね。」

絶対に男たちの話を聞かせようとはしない。僕は、言わないだけで、他から聞いて、何でもみんな知っているのだが、妙なやつだ。

年下だと思って暮らしていた女が、実は年上だったとわかったときの男の気持ちって、どんななんだろう？　ちょっと興味ある。

僕なら、走って逃げるな。

クリスマスイブ短信……………………十二月二十五日

例年通どおり、「貧しいクリスマスイブ」で終わった。

見事に文無しのクリスマスイブであった。

人がみんな幸福そうに見えた。

ケンタッキーで人が並んでいた。T君はそれを見て、

「こんなところにこんな行列が出来だした。不景気だな。」

と言った。

僕は、こんなところで並べる人たちは幸せだ、と思った。

世川さんは病いの身…………十二月二十七日

昨夜から今朝にかけて、このまま死ぬのじゃないか、と怖かった。

薬は昨日の朝に、降圧剤も、解熱剤も、抗生物質も飲んだのに、夜になって突然フラフラして、脈拍がすごい勢いで走り始め、躰中が熱で燃えるように熱くなった。

その上、後頭部がゴリゴリした感じになって、これは、もう駄目かな、と観念したのであった。

トイレの鏡に映った自分の顔は真っ赤っ赤で、気持ちが悪かった。年の瀬に死ぬなんて…、と思ったが、わが身を茶化す精神的余裕はなく、ただひたすら横たわっていた。

いま少しおさまった。

朝が来たので、今日の分の薬を飲んだ。頼むから熱だけでも下がってくれ！

とにかく、寝る。

深夜の散歩道…………十二月二十八日

夜十一時も回ってから、〈四駅先の女〉から電話があった。

「躰、どう?」

「まあ、何とか持っている。」

と答えると、

「店に来てよ。」

「そんなお金なんかないよ。」

「お金なんかいいから、すぐに来てよ。心配でたまらないじゃない。」

女の働く韓国居酒屋に行った。

「ねえ、久しぶりにビンゴしよう。」

周りは酔客ばかりなのに、突然そう言い出し、奥からビンゴのカードを持ってきた。

それから二時間、二人でビンゴをした。かなりの勝負をして、僕がトータルで十敗だった。

やけに嬉しそうな顔をしている。

「お前、そんなにビンゴが好きなのか。」

と訊くと、

「あんたにビンゴで勝つのが嬉しいの。」

「……。」

「明日もミスドーでビンゴしよう。」

「お前、明日もこっちにいるのか？」

「大丈夫だから。いてあげるから。」

……、そうか。

「じゃあ、今年は最後までお前につきあうよ。」

そう答えると、

「あら、今年だけなの？　来年はどうなるのよ。」

ムムッ。


午前二時になった。

「ねえ、もう帰ろう。」

まだ客は残っているのに、女のほうからそう言って、サッサと帰り支度を始めた。

「私を送って風邪を引かれるのも困るけど、今夜は送ってくれる？」

二人で夜道を歩いた。それほど冷たい風ではなかった。駅前には年末の若い男女が、まだ大勢いた。

「私はネ、あんたが成功するのを信じているんだよ。」

夜道で女が言った。

「うん。」

「今は二人とも貧乏だけど、いつか必ずあんたが成功するって、信じて待っているの。」

……、そうか。

女のマンションの前に着いた。

「おい。」

「なあに？」

女が振り返った。

「ありがとうな。」

僕は女に頭を下げた。両手を腰に当てて、深々と頭を下げた。

「この一年、お前のおかげで生きられた。本当にありがとう。」

女が瞬間キョトンとした表情の後に、笑顔で言った。

「今年はまだあるじゃない。

明日も会うでしょう？　そんなことは、明日会ったときに言ってよ。」

そう言って、照れくさそうに後ろを振り向きかけたが、思い直したように、それからもう一度僕を見て、

「フフ、フフ。」

と含み笑いをした。

「じゃあ帰るぞ。」

僕が歩き始めると、

「フフフ。」

もう一度、女の声が背中に聞こえた。

二〇〇九年の放浪日記

帰還報告……………………………………一月十三日

何日かぶりに〈四駅先〉に帰って来た。

ネットカフェの店長に叱られた。

不思議なもので、数日自堕落をしてみると、心の中に言葉が満ち、書きかけの原稿が面白いように進んでいく。仮眠の後、十二時から五時まで、休息なしに書き殴っていた。

数日間あっちこっちフラフラして、僕の体調不良の原因がわかった。

このネットカフェは、天井が高く、広すぎるために、暖房が効いていて空気はあったかく感じても、床上げブースに横たわると、底冷えしているのだ。僕は、毎日書き疲れて倒れるように眠るばかりで気づかないのだが、実は、眠っている間に僕の躰《からだ》は寒さに震えていたみたいだ。

上野のサウナ「ダンディ」の床は暖かかった。

帰りに上野公園を覗《のぞ》いたが、この間よりもまたホームレスが増えているような気がした。

上野の地下道では、ババアのホームレス、といっても、きっと僕くらいの年齢だろうが、その女が、通行人たちをどついていた。

「バカヤロー！　何をジロジロ見ているんだよ。見世物じゃないんだ。」

そうだ、もっと言ってやれ。

それにしても、不況だ不況だと言いながら、街には人が溢れていた。東京という街はモンスターだな。

どこか田舎から来た旅行客だろうか、僕の大嫌いな「横三列」に並んだ上に、実にのんびりと歩いていた。おい、とっとと歩けよ。と言いたかったが、それが言えない僕の気弱さ。彼らの後ろをノロノロとついて歩きましたとさ。

しかし、たった二万円で都内を五日間も放浪した僕って、素晴らしいマージャン技量だなと、自分で自分を褒《ほ》めたくなった。

流れる……………………………………………一月十四日

ついに僕は、〈四駅先〉のネットカフェを追い出された。

もちろん、僕が悪いのであって、誰を責めようもない。心優しい店長が、もうこれ以上の情けをかけると自分の進退にかかわる、という状態に追い込まれてのことだ。

すべては、先日の久方ぶりの放浪で、数日間行方不明になったことが原因だ。僕が彼だったとしても、ツケの残っている客が三日も四日も帰ってこなかったら不安になる。

さて、これからどう生きよう。と悩んだ。動くにも文無し状態だ。〈四駅先の女〉は、昨日と今日は小岩に行っていて不在だ。

しかし、あいつ以外に頼む人間はいない。電話した。

「またそうなんだから。」

「怒るなよ。」

「ううん。怒ってなんかいないのよ。心配しているだけ。」

「そうか。」

女の友人に、数千円のお金を駅前まで持ってきてもらった。

夜になって、電車に揺られた。どことといって行く当てはない。とりあえず上野へ。

また、放浪生活が始まったのだ。

明日の生活どころか、明日の朝までがわからないが、とりあえず、安そうなネットカフェに入った。途中で出る羽目になったら，寒くても上野公園か不忍池だぞ。そう自分に言い聞かせた。それもいいか、と思った。

ある意味、これが僕に一番相応しい生き方かもしれない。追い詰められての果てであれ、自発的であれ、「放浪の児」として生きたい願望が、僕の奥底に巣食っているのかもしれない。

派遣難民の場所に、あるいはトーキョーに、一歩ずつ近づいている自分を感じる。

夜空が霞む……………………………………一月十四日

午後十時半も過ぎて、〈四駅先の女〉から電話があった。

「一回帰ってきて。」

「何だ?」

「どうしているか、心配で仕方がないじゃないの。

お金借りたから、取りに来て。」

深夜の電車に乗って〈四駅先〉に戻り、女の店の前に行って、電話した。

「そこにいて。」

外に出てきたのは別の女だった。

ヨレヨレの千円札を三枚、僕の手に握らせた。

「オッパ。負けないで頑張ってネ。いい本書いてくださいね。」

まったく、どいつもこいつも、泣かせやがって。

進まないわけにはいかなくなるじゃないか。

今年も僕はマージャン三昧……………………………一月十八日

この数日間上野にいるのだが、あっという間に日が過ぎる。

某週刊誌のS記者氏、その彼はこの放浪日記のありがたい読者でもあるのだが、「郵政のことでお話が聞きたいのでお会いしたい」、昨日の午後、電話があった。

取り留めのない話を数時間しただけなのに、別れ間際に、「これは些少《さしょう》ですが取材料…」、封筒に入った一万円をくれた、「領収書はいりません。」

このさりげない思いやりには、正直言って、感謝した。貧乏なので、ありがたく、本当にありがたく、頂戴した。

食事をして、サウナに行った。目覚めたら六千円残った。午後九時。

今からマージャンに行こうかな。と考えた。しかし、一回ラストになると三千円。二回負けて文無しになったら、休日で誰とも連絡がつかないし、送金手段もない。最悪の場合は、ホームレスで、気温零度近い上野公園が待っている。

ちょっと怖いな。どうしようか。……、かなり真剣に悩んだ。

しかし、「群れない。媚《こ》びない。いじけない」、いくつになろうと、これが僕だ。他にどんな生き方もありゃしない。えーい、運試しだ。これで駄目なら、残りの人生、ずっと駄目だ。と自分に言い聞かせ、そのお金を持ってマージャン屋に行った。

トップが取れなくて、残り千円になった。最後一ゲーム。

「あ～あ、やっぱり今夜は上野公園か。」

と、悲愴感の中で、覚悟した。

しかし、それがどん底。

それから勝ち続け、一回のトップでたった二千円の安いマージャンで、十二時間後には、千円が二万円に変わった。ゲーム代やタバコ代で別に一万円ほど払っている。どんなに勝ち続けたか、理解してもらえるだろうか。

で、ホッとして、ネットカフェに原稿書きに来た次第。

それにしても寒い。今年の東京の冬は、底冷えの度合いが例年と格段に違うような気がするが、それは、貧乏で薄着の僕だけの感じなのだろうか？

比較的暖かい上野の地下道（JRと京成をつなぐ地下道だ）から、ホームレスの姿がきれいに消えている。こんなご時世なんだから地下道にたむろするくらい許してやれよ、と思うのだが、役人的体質の人間たちは、それができないのだろうな。

ここ数日間、テレビはもちろんのこと、新聞というものを読んでいないので、世間のことが全くわからない。世の中はどうなっているの？

楽しくマージャン、明るく放浪…………………一月十八日

午後から、またマージャン屋に行った。五千円ほど勝って、今日の宿泊分ができたので、ネットカフェに来た。ここに三時間いて、深夜零時からはサウナに泊まることにしている。

負ける気が全然しない。負けた客が、嫌がって、一～二回ですぐにやめて他の卓に逃げるが、はやっている店なので、すぐに新しい客が入る。カモネギ音頭だな。

僕に四～五万円のお金を持たせれば、誰にも迷惑をかけずに都内をさすらって見せるのだが。

さっき、上野仲町通りを散策した。

昔、僕と一緒になることを女の姉が許さず、女は稲荷町に部屋を借り、仲町通りの韓国クラブに働きに行っていた。毎晩、米の配達が終わると女の部屋に行き、時々は仲町通りのそこいらを二人で歩いた。楽しかった。

あの頃は、広い歓楽街だったような気がしていたが、今夜歩いてみると、仲町通りって、狭い一角に過ぎなかった。「大島ラーメン」なんか、あれから十年経つのにまだやっていて、よく頑張っているなと感心した。

客引きの兄ちゃんが、「もうこの通りには韓国クラブは一軒もないよ。高すぎてお客が行かないようになったから、みんなパブに変えたよ」、そう教えてくれた。

昨夜。ある特定郵便局長が、S記者氏の電話取材を受けたと電話してきて、「世川さん。本当に、

今、ホームレスしているんですか?」と訊《き》く。

「しているよ。昨日まではお金がなくて、二日間ほとんど何も食べずに過ごした。ひょっとしたら、今夜は上野公園泊まりかもしれない。

そんな生活、あなたにはわからないだろう。」

と答えると、

「いやあ、まったく想像できませんね。本当にそんな生活があるんだ。」

「可哀想だと思うなら、僕の口座にお金でも投げてくれ。」

「ええ。そうします。」

僕のゆうちょ口座番号を教えた。


今日、口座を覗いた。

嘘つき。

僕は元気がいい……………………………………一月二十一日

この一週間、毎日上野で、日中はマージャン屋、夜はたまにネットカフェ、明け方からはサウナで過ごしてきた。

マージャンに勝ち続けているので、それだけの出費があっても、手持ちの金が減ることはなく、何とか日々をやり過ごしてはいるが、これではまるで、藤圭子の歌の、「ここにいるのはただ生きてるだけの女」、と同じ境遇だ。

上野で執筆をしながらできる最低の生活を探ってみたら、僕なりの答えが出た。

早朝五時から夕方四時までサウナに行って仮眠をとると、千六百円。ネットカフェ十二時間で二千円。残りの時間をマージャンに費やすと、マージャンに敗けない限り、総額四千円ほどで一日が過ごせる。

このシナリオに沿って今を生きているのだが、そりゃあ、行けば四千円くらいは勝つけれど、段々そんな生活が阿呆らしくなってきて、フム、と考えこみ始めた。

しかし、そんなふうに、考えこむようになると、途端に大敗けして文無しになる。これは、歌舞伎町時代に体験済みだ。

今日はT君と船橋で会った。僕が自殺でもするんじゃないかと心配してくれていた。

待ち合わせまで一時間ほどあったので、またマージャン屋に寄ったら、五千円ほど勝ち、その金でお茶を飲み、一〇〇円ショップで下着などを買った。

別れ間際、T君から、

「おい。また勝とうと思って行ったら、必ず敗けるから、今夜はもうマージャンはよせよ」、と忠告された。

しかし、今の僕はちょっと違うので、上野に帰ってまた打った。五千円ほど勝ち、そこで止めて、ネットカフェに来た。結局、今日は一万円の稼ぎだった。

マージャン屋の客が、だんだん僕を嫌がり始めた。

安いマージャンだが、一～二万円敗けるのはすぐだから、不景気のご時世でもあり、結構、みんな、必死に打っている。そのうちに僕はお出入り禁止になるかもしれない。

こういう生活をしていると、歌舞伎町時代を思い出す。

あの頃は、この三倍くらいのレートで毎日マージャンに狂っていた。勝つと五～六万円は入るから、そんな日は、韓国クラブで呑んで騒いだ。で、敗けると、深夜、中国人の〈四十歳〉からお金を恵んでもらった。ひどい男だった。

二～三万円勝ったら、〈四十歳〉と会おうと思うのだが、低いレートなので、そこまでの勝ちにはならない。世の中、うまくできている。

だんだん〈四駅先〉が遠く感じるようになってきた。一段落したらあっこに帰らねばならないのだが、日を追うごとに上野が居心地好くなってきて、これにも困っている。

T君が、「そうやって生きているときのお前って、生き生きとした顔をしている。やっぱりお前は放浪が性分に合っているんだな」、嘆息《たんそく》とも感心ともわかりかねる言い方をしていた。

本当に僕は、今年五十六歳の中年男なのだろうか。

ホームレスは回避できた……………………………一月二十五日

今、日記を書くためにネットカフェに立ち寄った。今夜はサウナでゆっくり眠ることにした。昨夜は上野公園かビルの陰でむなしく過ごす予定だったが、新潟県の長谷川均《ひとし》さんという特定郵便局長から送金があって、そういう悲惨な境遇は回避できた。心底から感謝した。

〈四駅先〉には、行かなかった。約十日ぶりに電話をしたら、

「人が、死んでいるんじゃないかって心配して、何回電話をしても、ぜんぜん出てこない。どこで何をしていたのよ!」

珍しく、怒り混じりの声だった。

うーん、何をしていたのかと訊かれても、ちょっと答えにくいな。

あいつのほうは、風邪で、二日間店を休んでいたのだと言う。

「もう、いろいろなことに疲れてね、韓国に帰ろうかな、って考えている。」

「まあ、それはもうちょっと待てよ。」

「もうちょっと、もうちょっとって、一体何年待てばいいのよ! いつまで経っても、ずっと貧乏のままじゃない。」

まあ、そう言われると、返す言葉がないが。

とりあえず、わずかでも豊かにならなくちゃ。ということで、食事と買い物と支払いを済ま

せて、残ったお金一万六千円也を持って、マージャン屋に行った。それから約二十時間打ち続けたが、終わってみたら、一万六千円は一万六千円のままだった。

持ち金は増えていないが、ゲーム代に一万五千円くらいは払っているし、タバコも十個近く買った。実質的には、あんな安いマージャンで、二万円近くも勝っているんだぞ。

まるで、マージャンをするためにこの世に生まれてきたみたいな僕だな。

ああ、そうだね。そんなこと、何の自慢にもなりゃしない。

もう、十時だ。とりあえず、元気で放埓《ほうらつ》を生きているという報告ということで。

一文無しで深夜になった……………………………一月二十七日

これまでの疲れがいっぺんに出たのだろうか、昨夜三時からサウナの仮眠室で熟睡して、目覚めたら、なんと、二十一時間近く経った真夜中だった。五十六歳の男が、二十一時間も眠りこけるか？「しまった！」

あわてて飛び出たが、昨夜の食事代の上に、時間制の延長料金が加算されていて、一万円近い金額になっていた。

「とんでもないドジをしてしまった…、」

激しく後悔し、六千何百円を抱えて、十二時を回ってからマージャン屋に行ったが、こんな時は駄目だな。五千円ほど負けた。うなだれてマージャン屋を出た。

でも、今日友人が銀行に送金してくれている（その友人の場合は、あくまでもその予定。確信はないが）はずなので、コンビニのＡＴＭに行った。

すると、この地銀カードは利用時間が過ぎていて、明日の朝までは駄目だ、という表示が出てきた。残金は千数百円だけ。行き場がなくなった。

フーム。

困ったぞ。

マックで、二百二十円出してシャカシャカチキンとハンバーガーを買い、朝まで粘《ねば》ろうかと店内で食べていたが、腹が減っていたので、わずか五分でなくなった。冷静に考えたら、こんなもので朝まで持つわけがないよな。

ネットカフェの深夜サービスのお金にも足りない。しかし、明日の朝のＡＴＭに願いを託して、最近通っているネットカフェに、通常料金で入った。これなら、割高だけど後払いだ。

明日の朝、何とか手を打とう。

この一週間、マックで何時間も座る機会が多かったので、手書きの原稿をわんさか書いておいた。今夜は、それをパソコンに打ち直そう、と決めた。

上野公園で見知らぬ女に誘われた……………………一月三十一日

一月が終わる。なかなかに、すさまじい一週間だった。

事の起こりは、先週の金曜日、送金を軽く約束してくれた人間からの送金がなかったことだった。コンビニのATMに行ったら、振り込まれているはずのお金が一円も振り込まれていない。その週末は人さまの好意でホームレスをせずに済んだが、その好意のお金を返さなくちゃいけないのに、月曜になっても、火曜になってもそれができなくなり、真っ青になった。

電話をすると、「今は忙しいから、ちょっと待っててね」、という優しい答えなものだから、つい当てにする。そのうちに振り込まれるだろうと思って待ったが、月曜の午後からは電話に出なくなり、火曜には不通になった。駄目なら駄目と言えばいいのに。

すっかり当てにしていたので、それからどんどん手違いのドミノ現象が発生し、いやはや、大変だった。おかげで、日記を書く経済的・時間的余裕もなくした。

ただ、今の僕は、心がとても強いから、奮闘した。幸いなことに、週前半は晴天だった。一日の大半を、上野公園の西郷さんの真下のベンチに腰掛けたり、寝そべったりした。

空を眺めた。冬空は澄んでいて、美しいな、と思った。

昼下がり、ベンチで寝ていると、

「あのー。」

と女の声がする。

「何？」

眼を開くと、僕くらいの年齢の見知らぬ女が、僕の顔を覗き込んでいる。

「私と一緒に教会に行きませんか？」

憐《あわ》れんだ眼だった。

「教会？」

折角《せっかく》だが、そこは、僕の行くところじゃない。

断った。

勝ち続けだぞ……………………………………二月三日

金曜日に、マージャン屋から、ゲームを打った回数と、トップを取ったゲーム数の総計が千回になった報奨金を、一万円もらった。

千ゲーム。これをもらうのには、一年間くらいかけた。その一万円で週末を生き延びた。

今日も全財産何千円かを握り締めてマージャン屋に行き、今夜のネットカフェ代くらいは稼いで帰ってきたが、なにぶんにもレートが低いので、僕が必要とする返済金額には、どうしても届かない。あれから一週間経つのに、まだ返済ができないままなので、頭を痛めている。困ったものだ。

店長に、「毎日敗けてばっかりで、やってられないよ」、と言うと、

「嘘つき！」

軽くにらまれた。

「世川さんが一人で勝ってることくらい、僕はちゃんと知っているんだから。」

夜には、おしゃべり好きな老人客から、「お前はここの客みんなから嫌われているんだぞ」、あからさまに言われた。憎々しげな口調であった。

まあ、そうだろうな。毎日十時間くらい打つと、いやでもゲーム代や煙草代で一万円ほど出る。その金額を勝った上に、現金を持ち帰るのは、相当勝たなければならない。たいていの人は、マイナスだ。

コツがある。

レートが低いから、小さなトップをいくらとっても見入りは少ない。だから、勝つときには、一回で、遠慮会釈なく、これでもかって言うくらいの「大勝ち」をするのだ。その勝負が終わったら、二人ほどはやめて帰るが、流行っている店は次の客が待っているから、対戦相手には困らない。ただ、間違いなく、嫌われる。

僕もたまには敗ける。下手くそ三人に囲まれたときは、大体敗ける。彼らがやるのは、マージャンではなく、ただの数字合わせだからだ。ジャンケンの代わりに、十三枚のマージャン牌《ぱい》を使って、「ポン」、「チー」と叫びながら数字合わせをやっている。彼らは、何も考えていない。

まるで考えていない。すべては偶然任せだ。「少しは頭を使ってゲームしろよ」、と言いたくなる。

もっと苦手なのは、五十代六十代のババア族。

こいつらは、下手くその上に、動作はメチャのろく、マナーは知らず。敬老精神を発揮する人間が馬鹿を見る。ババアの客と一緒になったら、すぐにやめることに決めている。

最近の疎外光景は、マージャンで喰う生活をするといつも必ずやってくる光景だ。いい稼ぎ場ではあったが、そろそろ河岸《かし》を変える時期が来たのかもしれない。

それにしても、すっかりマージャンの勘が戻ってきて、全然敗ける気がしない。元手を持たない貧乏マージャン打ちの哀しさで、勝った勝ったと喜んでもわずか数千円だが、土日をお金の不安に脅かされずに通過したのは久しぶりなので、結構明るい。

もっとも、明日の午後からは、また間違いなく貧困が襲ってくるのではあるけれどね。

なんで青砥《あおと》なんだよ……………………………………二月七日

嫌な予感がした。

ウトッとしたとき、八幡だった。次に「青砥《あおと》」と駅名が告げられて目覚めたとき、もしかして…、と不安した。

本能的に、電車から飛び降りて、人気のないホームを見渡した。

やっぱり…、だった。この電車、いったん上野に着き、それから引き返したのだ。

上り（上野行き）最終電車はすでに終了していて、僕は行ったこともない青砥の街に、深夜零時三十分に放り出された。

で、いま、青砥のネットカフェ。

今日は、〈四駅先の女〉が、会いたい、話がある、と言うので、夜の八時になって、一か月ぶりに〈四駅先〉に帰った。

何かと思ったら、今日、〈四駅先〉で、韓国の女と日本人の男が、心中をしたのだという。六十歳くらいの男が癌にかかり、五十歳くらいの女と、両足を紐で結んで逃げられないようにして、家に火をつけたらしい。その韓国女が顔見知りで、自分と同じくらいの歳だったのが、ショックだったみたいだ。

「私、死ねるかなあ。」、と言う。

「お前、誰と死ぬ気だよ。

馬鹿言ってんじゃないよ。僕は病気や貧乏くらいで自殺なんかしないぞ。」

「ホント？　大丈夫？」

あのなあ…。

「そうだよね。あんたは強いもんね。」

他の女たちがやってきて、「一か月もどうしていたの？」と訊く。

「新宿にいたの？」

「いや。上野でホームレスしていた。」

「まだ貧乏?」

「貧乏。」

「みんなが、あんたみたいな男、もう捨ててしまえ、って言っていたのよ。あんたネ。私に捨てられたら、もう終わりなんだからね。」

やけに威張って女が言う。

勝手に言ってろ。お前がいなくたって、〈四十歳〉がいる、……、うーん、待てよ、本当にそうなのかな? ちょっと不安になった。

「わかっているよ。結局どんな女も、最後にはお前に敗けるんだから。」

とりあえず肯《うなず》いた。

「あんた。今の言葉、もう一度言って。」

「何を。」

「もう一回、同じことを言ってよ。」

嬉しそうな顔をしていやがる。

馬鹿野郎。二度も言うわけがないだろう。

で、十一時に女の店を出て、上野に向かったのであった。

なのに、今、青砥。

酔うと、いつも、だらしない僕。

つつがなく週末を通過したぞ……………………二月九日

一日が流れるように過ぎている。

「一日働いて（これは労働か？）何千円かの利を稼いだぞ！」

そんな「貧乏人の幸福感」を抱きかかえて、深夜のネットカフェに来ている。今日は、この日記を書き終えたら、早朝サウナに行って少し眠る。

上野「ダンディ」の早朝サウナは、とても割安だ。朝の五時から夕方四時までの十一時間で千五百五十円だから、ネットカフェと比べても、すこぶる安い。ただし、その間は、風呂に入るか、テレビを見るか、はたまた寝るかだけで、パソコンは打てない。

先週の金曜日の午後に、静岡県の袴田悦史《はかまだえつし》さんという特定郵便局長から一万円送金があった。

「少ないけど、頑張って生き延びて下さいよ。」

「いや、ありがとう。これで、土日をホームレスしなくて済むよ。本当にありがとう。」

上野公園のベンチから立ち上がり、携帯電話に何度もお辞儀をした。

電話を切って見上げると、西郷隆盛さんが、

「おい。よかったじゃないか。」

優しく微笑んでいた。

結局、この三日間、そのお金を元手にしてマージャンを打ち、サウナに泊まり、ネットカフェ

でパソコンを打ち続けた。結構消費したのに、まだ手元には、元金の一万円と千円札が一枚残っていて、明日一日くらいは生きていける。

いったい僕は、この数週間、あのレートの低いマージャンでどれくらい勝ったのだろう。しかし、どう考えたって、この生活には、明日の展望がないな。ただ何とか今日をやり過ごしているだけで、「建設」の匂いがしない。きっと、今の僕は、放浪者というよりは、流れの博打《ばくち》打ちだ。これではいかんのではないか?

うん?

実にお前らしい生活だ?

まあ、そうも言える。

そのマージャン屋はビルの六階にあって、朝になるとカーテンを開けるので、晴れた日などは、上野の青空が拡がる。

その空に、奇妙な郷愁を感じる。

五十六年の間にどこかに落としてきた、今となっては本当にあったことかどうか確証のない古い記憶のようなものが蘇ってきて、胸に湿気が走る。

徹夜マージャンを打ちながらその青空を眺めていると、自分は、ずっと子供の頃から、こうやって無軌道にさすらって生きてきたような、そんな錯覚に陥る。きっと、僕は、心底から、〈放埒〉を愛しているのだろう。

こうしてわがまま勝手に生き、すぐに老いて、やがて、ボロ雑巾のようにひからびて死んでいくのだ。それこそが放浪者の本懐《ほんかい》。

たった三円。どうしよう…………………………二月十日

さっき、タバコを買いに行ったついでに、おにぎりを一個買ったら、なんと、残金が三円になってしまった。

三円――。

すばらしい金額だな。このネットカフェの前金は朝の七時まで有効で、その後は、一時間四百円ずつ加算される。今は十一時だから、もうすでに千六百円加算されている。友人は、午後三時にならないと連絡が取れない。

ふむ、困った。本当に困った。マージャン働きをやめると、すぐにこうだ。この貧困パターンを何とか変えなくては、今年もいつもと同じ一年になるな。

金策をするにも、この時間帯はみんな自分の仕事に忙しくて、僕のことどころではない。二時間したら懇願先を考えよう。それまでは、ひたすら作文。

毎日毎日、数千円のお金を握ってマージャンに出かけ、必死の形相でマージャンを打ち、それで一日を生きるだけのお金を得るという繰り返し。けっこう疲れた。

その悪循環をなんとか改善して、事態を好転させねば、原稿書きに専念できない。どうにかしなければ。

僕の頭の中では、解決方法は簡単だ。手元に二～三万円の現金があれば、一週間に二日程度のマージャン休息日があっても、数週間は生きていける。これは、自分のマージャン技能に対するゆるぎのない自信だ。まあ、一般的には、過信、とも言うけどね。

しかし、哀しいことに、貧乏な僕にはその二～三万円がない。今日も貧乏だし、明日は祝日で送金機能は郵便局以外はストップ。友人から送られてきた三千円で今日のネットカフェの払いを済ませたら、また、すっからかんの文無しだ。明日のことより、さて今夜をどうしようか。

午後、暇つぶしに上野公園を散策していたら、ホームレスの大集団と出くわした。例の「炊き出し」の場面だった。千人はいた。

大皿に汁かけ飯とバナナ一本。その列に割り込んで喧嘩するやつらもいた。

風体を見る限りでは、「派遣切りホームレス」ではなかった。古参のホームレスたちだった。慣れている。

「お前も並べ！」

そんな声が、はるか遠くから聞こえてきたような気がしたが、

「まだ早い。」

断った。

僕が立ち止まったのは、その主催者が、チマチョゴリ（韓国民族衣装）を着た若い韓国女たちだったからだ。

あまり美人はいなかった。しばらく眺めていたが、好奇心を抑えきれず、その中では一番美しい、と思える韓国娘の隣に行った。

「どこの教会？　統一原理教会？」

悪名高い教会の名を出して訊いた。

「違いますよ！」

憮然《ぶぜん》とした口調だった、「韓国のキリスト教会が共同でやっているんです。私もこのために昨日韓国から来ました」、二十三歳という娘が、話してくれた。

「日本人はなぜもっと助けようとしないんですか？」

僕は答えた、「日本人はネ、他人のために何かをするというのが苦手な国民なんだ。他人のために何かをしようとするときは、心を無理させないとできない国民なんだよ。」

「明日、日暮里でパーティーがあるの。来ませんか？」

「君たちも出席するなら、行こうかな。」

ホント、韓国女には大甘の僕である。

「道がわからなかったら、駅まで迎えに行きますから、必ず来て。」

「わかった。行こう。」

じゃあ明日、と歩き始めた僕の背に、「明日、たくさん神さまの話をしましょうね。」

何？

神さま？

僕を一番嫌っている偽善者グループではないか。

うーん、どうしようかな。

蘇った古い記憶……………………二月十二日

深夜になって気がついたが、昨夕、見知らぬ番号から電話が入っていた。携帯電話ではなかったから、深夜に折り返しかけるのも失礼なので、今日、電話した。

「はい、東京福祉協会です。」

そんな協会が僕に何の用だ？

「昨日そちらから電話をもらったんだけど。」

「そうですか？」

女は、自分は僕に電話した覚えはない、誰かがこの電話からあなたに電話したのだろう、と言う。

何度かやり取りしているうちにわかった。先日上野公園の炊き出しでおしゃべりした、韓国から来た「神さまの使者」嬢が電話をくれたのだった。福祉協会ではなく、福音教会。なるほどね。納得。

一昨日と昨日がパーティーだったそうで、誘いの電話だったのだろう。彼女は、踊りのメンバーなのだそうだ。行きずりの中年男の、「ああ、行くよ。」という軽い言葉を信じて、せっかく電話までしてくれたのに、悪かったなあ、と反省した。

「パーティーは終わったけど、今夜は集会がありますよ。」

教会の女が言う。

うーん、神さまのお話か。どうも生まれつき、神さまとは相性が悪いんだがなあ…。しかし、美しいものを美しいと信じている乙女の心を裏切ってはいけない。右に左に心は揺れた。

「じゃあ、彼女に電話くれるように言って下さいな。」

もしも、もう一度電話があったら、教会に行ってこよう。


大学一年生の春。サイクリングクラブに所属していた僕は、自転車で山口市から松江市まで走った。

松江市の広場で寝っ転がっていたら、統一原理教会の勧誘員に声をかけられた。

「忙しい。すぐに山口に帰るんだ。」

そう答えると、自分たちもこれから山口市に向かう。何月何日の午後何時に山口市民会館前で会おう、と言う。適当に答えて、逃げた。

そんな約束なんか、すぐに忘れたが、人の世に偶然というものは確かにあるもので、約束のその日その時刻、僕の高校の一級下で、同じ大学の同じ学部に通う、僕と同じ姓の学生が、山口市民会館の前を通った。

「ああ、あの人ね。知っているよ。」

そこから会話が始まって、その後輩は彼らと懇意《こんい》になった。

大学最後の無期限ストが頓挫《とんざ》して、みんな少し放心状態にあった頃、彼やその友人たちが統一原理教会に通い始めた。

「あんなものは宗教じゃない。似非《えせ》宗教なんかにたぶらかされるな。」

僕は彼らを怒鳴った。

「だって、あの時、あなたの代わりさせられたみたいなものだから」、彼らは、集団生活だとか伝道だとかに没頭し始め、僕と無縁になっていった。人はどんな高尚な理念も信じられる生き物だが、どんな愚劣な理念をもまた信じることができる存在だということを、思い知らされた。その中に一人、僕が弟のように可愛がっていたNという学生がいた。内気な性格の男で、いつも、うつむきがちで、少し吃音《きつおん》気味に、「だって、マルキシズムには愛がないもん…。人間は愛がなくちゃ生きていけないもん」、子供みたいなことを言って、僕を苦笑させた。

大学四年生の秋、僕は下宿で女と抱き合っていた。下から僕を呼ぶ声が聞こえた。Nだった、「今日、沖縄から帰ってきたんだよ。」

「いま、忙しいんだ。またにしてくれ」、僕は、女との情事のために、彼を追い返した。

その十二月の末。

僕は、友人の下宿（ハーモニカ長屋と呼ばれていた）で、マージャンをしていた。

突然、Nがやって来た。今の僕のように、ジーンズ姿の小汚い風体だった、「おお、久しぶりだな。あとで飯食いに行こう。少し待ってろ。」

僕たちのマージャンが終わるのを待ちながら、Nがギターを手にしてうたい始めた。今でも覚えている。井上陽水の『東へ西へ』という歌だった。

大音声を張り上げてうたっていた。

「おおっ、N。今日は元気がいいな」、部屋主の友人が冷やかした。

「……。」

僕は、マージャンそっちのけで、Nの姿を見つめていた。

心が重い不安で染まり始めた。

Nはじれったいくらいに控え目な男だった。いつも、オドオドしたように、周囲に気を遣って生きる男だった。そんな、大声で怒鳴るようにうたうなんて、僕の知っている彼は、したことがない。彼を見つめ続けた。

すぐに、絶望が全身を包んだ。

「マージャンはやめだ。お前ら、部屋から出ろ」、二人の後輩を部屋から追い出して、部屋主の友人と二人になった。

「どうした？」

友人が不思議そうに僕に尋ねた。

僕はNを指差した。Nは、マージャンを止めたのにも気づかずに、うたい続けている。

「あいつ、どうかしたのか？」

「狂った。」

僕はギターを弾いてるNの前に行き、声をかけた。

「おい。N。」

そう言いながら、ギターを取り上げ、彼の両肩をつかんだ。

人の肉体には弾力があって、差し込む指を弾き返そうとするのが常だ。しかし、弛緩した肉体は、他者の侵入を拒むことなく、どこまでも、どこまでも、受け入れようとする。

「おい。N！」

僕はNの躰を激しく揺さぶった。

Nは、されるがままに、だらしなく揺れ続け、やがて、「おいら、お腹が空いたなあ」、ポツリと言った。

僕たち三人は、ふしの川と呼ばれる川にかかった橋の上を歩いていた。粉雪の中を、Nは、何やら、ブツブツとつぶやいていた。僕はNの隣に行き、彼の独り言に耳をそばだてた。外界に精神を閉ざした彼の、意味の不明瞭な独り言が続いた。だが、やがて、橋の中ほどにかかかったとき、Nがこう言った。

「世川さんは嫌いだ。いつも僕を怒ってばかりいるから、嫌いだ。」

空を見上げた。

闇の中から、白いものが、無数に落ちていた。

なぜ、僕は、あの時、女との情事なんかにかまけずに、ひっぱたいてもいいから、Nを僕の場所に引き戻そうとしなかったのだろう。なぜ、僕は、人が自分と同じ靭《つよ》さをもって生きているなどという幻想を、たやすく信じたのだろう…。いくつもの後悔が僕の傲慢を激しく撃った。

その夜、Nの寝顔を見つめながら、僕は、生まれて初めて、あられもなく号泣した。

Nを精神科の個室に送り込んで、僕は大学を卒業し、それ以来一度もNと会ったことがない。だが、僕は、今でもNと離れられずにいる。僕の指先が、ずっと、弛緩したNの肉体の感触を覚えていて、何十年経っても、消えることがない。

この十余年、何人かの韓国女と懇意になった。僕も普通の男だから、日本人の女に比較して贅肉の少ない柔らかい肉体の彼女たちを抱こうとした。

だが、その、僕の指を抵抗なく無限に受け入れようとしている彼女たちの柔らかい肌に、僕はあの夜のNの肉体を思い出し、どうしても、どうしても、抱くことができなくなる。女たちは次第に怒り、いつか僕の元から去っていった。

当たり前だ。一緒に暮らしても抱いてくれない男なんて、何の役にも立ちはしない。

その繰り返しが続いて、今日に至っている。韓国女に対しては、僕は性的不能者と一緒だ。この日記にも何十回も書いてきたが、僕は、韓国女たちをこよなく愛してきた。それなのに、その韓国女の贅肉の希薄な柔らかい肌を、僕は、抱くことができないのだ。

少し淋しいな、と思うときもある。

しかし、それが僕に与えられた神の罰なのだろうから、仕方がない。

僕は、今日、もう一度電話があったら、福音教会に行こうか、と思う。自分のせいで生じた悪夢のような偶然を、もう二度と、味わいたくない。

僕の「最後の神さま」たち……………………………二月十九日

昨夜からパソコンと睨《にら》めっこしていたら、馬鹿になりそうになったので、午後、上野公園に行っていた。

晴れた日の西郷隆盛は一般人の人気があるようで、どのベンチにも、ホームレス仲間の姿はなく、サラリーマンとアベックだけだった。西郷隆盛の前で愛を語り合うなど、僕にはとても思いつかない新鮮な発想なので、若いアベックたちを眺めていた。

僕が真面目に読んだ最後の本が、江藤淳の『南洲残影』という文庫本で、南洲西郷隆盛の銅像を見ていると、江藤淳の哀しみを思い出す。哀しみの書ける作家だったな。今日もそう思った。〈出雲の神風〉と呼んでいる女から電話があった。

「あんた。大丈夫にしているの?」

「ああ。お前のおかげで助かった。ありがとう。」

「他の同級生は、もうすぐ還暦だって騒いでいるのに、あんたって人は、どうしてこんなことになったんだろうねえ…、」

　嘆かわしそうな声だった。

「少しはしゃんとしなさいよ！」

まったくもって返す言葉もない。ムニャムニャ言って電話を切った。

　隣のベンチに、僕くらいの年齢のサラリーマンがいて、携帯電話で話をしていた。

「いやあ。私、今、出先なんですよ。今から急いで社に戻って、早速手配します。」

　なんて、シャーシャーと言っている。

　電話を切って、それですぐに立ち上がるかと思ったら、美味そうにタバコをふかしながら空を眺めていた。

　こいつ、いい男だな、と思った。

　それにしても、この界隈、最近人が増えてきた。もうすぐ春なのだ。一年前、この付近をウロウロしていた頃の僕は、明日の目途のまったく立たない男で、途方にくれた心を持て余して、交番横の梅の花を眺めていた。まあ、今も同じだけどね。

　その梅の木を前にして、久しぶりに淑子《よしこ》に電話した。

〈四駅先〉の頃は、一日一回電話が日課だったが、上野に出てきてからは、時間帯がずれて、ここしばらく声を聞いていない。十五分ほど話した。

「案外元気そうな声だね。」

「ああ。今の僕は明るいな。」

「よく生き延びているわね。」

「確かに。」

二人で笑った。

僕の「最後の神さま」たちは、どこかで僕のたくましさを信じていて、お金以外の泣き言は信じてくれない。

「今夜はどこに泊まるの？」

「ひょっとしたら、また野宿かな。」

「風邪を引かないようにね。」

おい、もうちょっと他の励まし方はないのか？


それでも何とか救いの手が伸びてきて、五時半ギリギリに、今夜の野宿はキャンセルになった。ネットカフェに来た。やっぱり屋内は暖かい。

幸福感の源は「暖かさ」かな？　そんなことを、思った。

上野公園界隈探訪記…………………………二月二十五日

上野公園は、正式には「上野恩賜《おんし》公園」と言う。天皇からの賜りものだ。

敷地は広大だ。どれくらい広大かについては、これが書物への執筆なら、丁寧に説明書きを施すところだが、幸いにして、ここはネットだ。暇と関心のある読者は、ネットで検索してくれ。親切で言うと、敷地内には、上野動物園、国立科学博物館、西洋美術館、東京芸術大学美術館などがある。

ＪＲ上野駅の公園口を出ると公園の正門があるが、僕が常日頃うろついているのは、正門周辺ではなく、京成上野駅の真上の噴水周辺だ。そこの石段を登ると、西郷隆盛の銅像のある、いわゆる「上野のお山」につながる。

日曜日の深夜一時半。僕はお山への石段を登った。上る前に上野駅前交番に行った。

「ここにはどれくらいのホームレスがいるんですか？」

「あんた、何者？」

胡散《うさん》臭そうに逆質問され、挙句《あげく》の果てが、「その手の質問にはここでは応じられない。上野警察署に行って、そこの受付で訊いてくれ。あそこには専門の担当者がいるから」、と断られた。それくらいのこと、答えればいいのに、と思ったが、警察は官僚機構の象徴みたいな組織だ。下っ端の巡査が気後れするのも無理はないかと、引き下がった。

深夜一時半の上野のお山は、人気がなかった。西郷さんの近くのベンチにも、誰も横たわっていなかった。

少し歩を進めると、左手の公衆トイレの建物の横に、男が二人、段ボールを敷いて眠っていた。なにも、トイレの隣に寝なくてもいいんじゃないか、と思ったが、人にはそれぞれ、彼なりの思惑や理由があるのだろう。

あちこちに目を配りながら、ゆっくり歩いていたが、あまり人の気配はしない。国立科学博物館の手前あたりで、ライトが三つ、こちらに向かってくるのが見えた。警備員か警察官だな、と思った。

「何してるんですか？」

そう訊いてきたのは、巡回の警備員だった。

「教えてくれませんか？」

僕とそう年齢の違わない男性に、僕は声をかけた。彼は、歩きながら親切に話してくれた。

「最近テレビなんかで、上野のホームレスを取材してしゃべらせているでしょ。可哀想に、みたいにしていますが、あんなものを信じちゃいけませんよ。みんな、テレビのやらせの作り話ですよ。」

彼は、まず最初に、そう断言した。

「この上野公園内には、今、山と下で、そうね、だいたい八十人くらいのホームレスがいます。皆、古くからの常連のホームレスです。最近の派遣切りでホームレスになった人たちはここに入れないようにしています。一人もいないでしょう。ここは怖い場所ですから。

仮に、上野公園に百人のホームレスがいるとしたら、九十人は、どうしようもない人間ばかりです。人殺し、強盗、置き引きなんかの事件の犯人が、ここに逃げてきて、身を隠している、と思えば間違いありません。嘘じゃないですよ。実際、何人も、身を隠していた殺人犯がここで捕まっています。

ここはそんな場所です。あなただって、こんな時間にウロウロしていると、どんな目に遭わされるかわかりませんよ。早く出たほうがいいです。派遣切りのホームレスは上野駅にいますよ。」そんな話を聞かされると、彼と別れた後に公園内を独りで進む勇気がなくなった。

この園内には、ホームレスだけでなく、行き場をなくした家出少年たちも入って来るのだぞうだ。中には、そんな家出少年たちに、「俺が面倒見てやるからついて来い」、と声をかける親切なホームレスもいる。ついていくと、寝る場所を提供され、食べ物を与えてくれる。

しかし、実は、そこが地獄の一丁目。

「お前、可愛いな。」

ホモのホームレスの餌食になるのだ、という。

深夜二時四十五分。雨が降り始めた。

僕はあわてて「上野のお山」を下りて、シャッターの下りた京成電鉄上野駅前を過ぎ、JR上野駅に向かった。JR上野駅も、この時間は、当然シャッターが下りているはずだ。

まず、不忍口。そこには、三人の男が、コンクリートに膝《ひざ》を抱えて寒い夜に耐えていた。彼らの傍に段ボールハウスが四つあった。上下左右全部囲ってあるので、中に人がいるのかどうかはわからない。続いて広小路口、そして中央改札前、それから上野駅交番前に行った。

上野駅交番前が一番にぎわっていた。きっと、ホームレスたちにとっても、交番前は安全な場所なのだろう。ここならオヤジ狩りに遭うこともない。

段ボールハウスが、少なくとも四十はあった。そして、地べたに膝を抱えて座っている男たちが十人ほどいた。六十がらみの男たちの中に、二人ほど、四十過ぎと思われる男の姿が見えた。膝を抱えている男たちは、明らかに、新参者の貌《かお》をしていた。髪も短く、服装にも汚れが少ない。きっと彼らが派遣切りの犠牲者たちなのだ、と察した。

誰も、一様に、自分はなぜか場違いな場所に来ているのだ、とでも言いたげな〈哀しい戸惑い〉の表情をしていた。その表情は、少し、痛々しかった。

僕は、振り返ってマルイビルの電光気温掲示を見上げた。八度だった。この気温で、膝を抱えて眠るのは、老い始めた躰にこたえるだろうな、と同情した。

最後に、公園口に行った。

そこには、一人のホームレスも、一個の段ボールハウスもなかった。考えてみれば当たり前の話だ。道路を越えたすぐ向こうには上野公園がある。そこに行って寝れば済む話だ。

僕は、好奇心が膨らんできて、さっき警備員から注意されたのも忘れて、公園の中に足を踏み入れた。近くに上野公園交番があるはずで、いざとなったらそこに駆け込めばいい。それが僕の頼りだった。

入口の左手に東京文化会館の建物があって、そこに四～五人の男が、段ボールをベッドにして寝ていた。警備員の話では、彼ら八十人余りの上野公園ホームレスは、日暮れから朝の六時まで、指定されたエリアに限って、ベンチででも寝ることを許可されているという。

「六時になったら、全員起きます」、さっきの警備員はそう断言していた。

僕の足音に気づいたのだろうか、入り口右手の建物の陰から誰かが立ち上がって、無言でこちらを見つめている。彼も身の危険を感じたかもしれないが、僕も同様の思いになった。見渡すと、どこにも人影がない。深夜も三時をとうに回っている。これはちょっと怖いな。

「これ以上はやめておこうか」、入り口に向かった。

駅からこちらに向かって道路を渡る動物の姿が見えた。猫かな、と思ったが、目を凝らして見ると、尻尾がいやに長い。しかし、犬でもない。すると、あれは何だ？　しばし考えた。

ああ、イタチか。そう言えば、この上野公園は、東京都の鳥獣保護区でもあった。イタチの一匹や二匹いたって、何の不思議もない。しかし、東京で、深夜のイタチ。異空間にいるような錯覚に陥ったのも、事実だ。

四時五分前になっていた。僕は再び、上野駅交番前に向かった。

到着して、驚いた。朝の四時だと言うのに、全員が起き上がって、段ボールハウスの解体作業に取り組んでいた。ざっと目算したが、その数は、優に六十人を超えていた。

上野公園では全員六時起床と聞いていたので、ここの四時起床の理由がわからず、僕は戸惑いながら、隅っこで彼らを眺めていた。

半数以上は、肩まで垂らした埃《ほこり》と垢《あか》に汚れた長い髪、伸び放題の無精ヒゲ……、ホームレス馴れしている男たちだった。実にテキパキと解体作業をこなす。思わず見とれた。

そして、彼らが一斉に動き始めた。

「どこに行くのだろう？」

僕は彼らの後を追いかけた。

ＪＲ上野駅のシャッターが開いていた。そうか、駅が午前四時に開くのか、と納得した。

彼らの姿を見ながら、感心したのは、荷物の多さだった。誰も、二つくらいは大きなバッグを抱えていた。僕も十年間を放浪生活で過ごしたが、いつも躰一つの放浪だった。余分なものは一切持たず、例えば、着るものがなくなったら、一〇〇円ショップで買い求めた。洗濯など、〈四駅先〉にたどり着くまでしたことがない。

（結局、僕の放浪はまがい物の放浪だったのだな。）

と思った。

彼らは中央改札前を素通りし、ショッピングセンター・アトレの通路を突き進む。ついて行って、彼らの目的地がわかったとき、失笑した。彼らの目的地は、アトレの公衆トイレ、だった。考えたら、これも当たり前の話だ。気温八度の夜風の中で寝ていたのだ、尿意を催さないほうがおかしい。僕は中央改札口前に引き返して、彼らが戻ってくるのを待った。

彼らを待ちながらメモしている僕の背中で、

「ふん、派遣切りのホームレスか」、悪意を充満させた罵《ののし》り声がした。

振り返ると、ネクタイ姿の男二人組だった。四十過ぎと思えた。一人が、憎々しげに僕を睨《にら》みつけた。

（馬鹿野郎。）

と思ったが、口には出さず、睨み返した。

男がまた何か言いかけたとき、連れの男が彼を制して、改札に引っ張っていった。改札を潜り抜けても、男はこちらを指差し、連れに何やら言っていた。あの男、よっぽど派遣切りに怨《うら》みでもあるのだろうか？

トイレから出てきたホームレスたちは、一人、二人と、地下に向かうエスカレーターに乗る。地下に何があるのだろうか？　疑問に思い、最後の男の後を追った。

東京メトロ銀座線の駅もシャッターが上がっていた。昨夜十二時半に駅員に話を訊きに行ったら、ちょうどシャッターを下ろすときだった。零時三十分から朝の四時まで、地下道は閉鎖される、と言っていたのを思い出した。

ここと京成電鉄上野駅をつなぐ地下道がある。皆、そこを歩いている。京成上野駅は、つい先日まで僕の利用駅だった。内部はよくわかっている。あの駅に何の用があるのだ？　ここを抜けて、上野のお山にいくつもりなのか？　僕はまた彼らを追いかけた。

驚いた。

その地下道は、中央に分離帯があるのだが、その分離帯の左右に、何十人もの男が、段ボールや新聞紙を広げながら、次々と横たわり始めたのだ。

壮観、と言ってもいい光景だった。僕は、歩きながら、横たわっている男たちの数を目算した。七十人まで数えてやめた。地下鉄側からだけでなく、京成駅側からも、一目でホームレスとわかる男たちが現れ、次々と横たわり始め、数えられなくなったからだ。

納得した。この地下道は、暖房が効いている。この周辺のどこよりも強い暖房で、歩いていても寒さを感じない。彼らはそれを知っていて、深夜野外で冷えた躰を温めに来たのだ。

急に、僕の内部でも疲労感が膨らんだ。結局、昨夜徹夜だった。同じ宿無しの身だから、一緒にここに転がってもいいのだが、不法侵入者（？）を彼らは許してくれないだろう。

僕は、彼らから離れ、京成上野駅に入り、一番安い百三十円の切符を買った。五時三分には成田行きの始発電車が出る。片道一時間三十八分の各停だから、往復すれば三時間くらいは眠れる。二往復なら六時間いける。

（少し眠るか。）

僕は改札をぐって始発電車に乗りこむと、端っこの席に身を沈めた。

上野・成田空港往復電車……………………二月二十六日

京成電鉄で上野・成田空港間の二往復をした。

電話をかける用事があったのを思い出して、上野駅で、「やっぱり降ります」、と切符を返したら、

「これ、朝の五時の切符じゃないか。いまは十二時だぞ。今まで何していたんだよ。」

若い駅員に怒鳴られた。

私鉄の駅構内ですることって言ったら、電車に乗るしかないじゃないか。そう答えた、「電車で眠ってしまって、目的地にいけなかった。」

「どこまで行ったんだ」、若いくせして、態度がいやに横柄だ。

君。そう人を見下した態度はいかんよ。京成電鉄で一番遠いのは成田空港だろうし、それに、出発駅に帰ってきたのだから、どこにも行かなかったと同じでいいじゃないか。たかが乗合電車の分際で、そんなにガメツク料金徴収するもんじゃないぞ。

「熟睡していて、どこをどう乗ったのか覚えていない。」

こっちもつっけんどんに返答した。

若い駅員はさらにムッとした表情になったが、役者はこっちが一枚上だ。

「京成電鉄では、乗客が眠ったらいけないの？」

向こうが先に諦めた、「もう行っていいよ。だけど、この切符の料金は返さないからな」、僕の手から切符をふんだくった。憎々しげな視線であったぞな。

いいよ。いいよ。六時間以上も眠らせてもらったんだ。百三十円くらい。

それにしても、これで当分、この熟睡手法は使えないな。今度やったら、「貧乏ライター。キセルで逮捕！」なんて目に遭いかねない。くわばら。くわばら。桑原春美。これは昔の同級生。やっぱり、車中睡眠は山手線が一番かな。

でも、この場合は、ネ……………………………二月二十七日

最近、電車で寝ることが多くなり、朦朧《もうろう》とした頭で過ぎる景色を眺めながら、東村山市と新宿歌舞伎町を往復していた時期のことを、あれこれ懐かしく思い出した。

生活無能者の僕に愛想を尽かした妻と子が、ある日突然、行き先も教えずに賃貸マンションを出て、３ＬＤＫは僕には広すぎたが、二ヶ月ほど、そこに住んだ。

全部僕のお金で買った家財道具だったはずだが、きれいに消えていた。みんな勝手でいいなあ、と思った。まあ、元々物欲は薄い男だから、腹も立たなかったが。

冷蔵庫とベッド以外何もない部屋になった。最後は、家賃が高くて払えなくなり、家主から「出て行け！」と言われ、「まあ、本（『歌舞伎町ドリーム』）が出るまでちょっと待って下さいよ」、と頼んだが、電気、水道、ガスと止められ、熾烈《しれつ》な闘いの終盤戦では、マンション入口とドアに「世川　出ていけ！」の貼り紙をされ、実に大変だった。

しかも、いまは、貧乏のために酒も女も無縁の生活を余儀なくされているが、あの頃は、酒と女の中に僕の生活が横たわっていて、自堕落を絵に描いたような毎日だった。朝まで、大酒呑みの韓国女たちの身の上話を聞いて、始発で帰ってきては、ベッドに転げこんだ。

家に無事たどり着くなんてのはまだいいほうで、呑んでいる量が半端じゃないから、熟睡して、西武新宿駅と所沢駅の間を何往復もしたものだ。最高記録は九時間。それでも毎晩、使命

感をもって歌舞伎町に出かけた。

ある日、熱を出して寝ていたら、歌舞伎町から電話があった。

「今から見舞いに行くからね」、何度か一緒に飲んだ韓国クラブのチーママだった。

一時間ほどして、若い頃のいしだあゆみに似た、ちょっといい女を迎えた。両手いっぱいに、風邪薬やドリンク剤、果物を抱えていた。

「掃除してあげる」、女が雑巾を持ってイソイソと動き始めた。

「済まないな」、病の身の僕は、感謝の言葉を言った。

しかし、そのうちに、「ああ、暑い。」

「うん？」

「動くと暑い。」

「そうか。」

その言葉のわずか数十秒後、僕の眼前には、カラフルな下着一枚で雑巾がけをしている女の後ろ姿、があった。

僕は、歌舞伎町では絶対に女は作らない。いつの日にか僕なりの歌舞伎町を描いてみせるまでは女はいらない、と、強く決心してきた。

確かに、強く、決心していた。ずっと守ってきた。しかも、僕はその日高熱を出していて、動く元気もなかった。

だけど、そんな状況じゃ、ねえ。

「早く歌舞伎町に出ておいで。一緒に暮らそう。同じ部屋はお客の目があってマズイけど、隣同士なら大丈夫だから。あなた、そこでいい本を書きなさいよ。」

僕の額を撫でながら、そんな優しいことを言った。

そうだ。やっと思い出した。それからしばらくして、僕は東村山の部屋を出、住所不定の男として、歌舞伎町に身を投じたのだ。

あの女は、今、どうしているのだろうか。あの女にも、何一つ与えることができなかったな。京成電車でウトウトしながら、そう思った。噂では、韓国に帰って、釜山で焼肉屋をやっているという。もう二度と会うことはないだろうが、幸せだといいな、と思った。

人という生き物は、実に多くの記憶を欠落させながら、時をかいくぐっていくのだな。人の記憶って、いったい、何なんだろう。

ねえ。百円ちょうだいよ……………………三月二日

夕方四時から夜の九時まで、上野仲町通りの向かいの道路から、飲み屋街仲町通りのネオンを眺めながら、一生懸命、原稿を書いた。寒かった。躰が震えた。

ＡＢＡＢ前の交差点で青信号を待っていたら、

「お兄さん。遊ばない？」

五十歳くらいのババア街娼が声をかけてきた。僕は女の顔から眼をそむけながら、

「しない。」

と答えた。

「ねえねえ、お兄さん。百円ちょうだいよ」、女がねだる。

「百円？　何だよ。」

今日の僕はお金がほとんどなく、マックのハンバーガーでも買って飢えを満たそうと思っていたが、

「タバコを買うのに百円足らないんだ。百円ちょうだいよ。」

その声に、心では嘆きながら、僕は貴重な百円玉一枚を差し出した。

「ありがとうね。」

「お前。マージャンに負けて體を売ってたってしょうがないだろうが。」

僕がそう言うと、

「あんた。なんで私がマージャンが好きなのを知っているのよ！」

驚きの声をあげながら僕の顔を覗き込み、

「ああ、なんだ、あんたか」、女が苦笑した、「聞いてよ。昨日はネ、入るなり役満やられたんだよ」、口惜しそうな声だ。

「もう、マージャンなんかやめろ。」

だけど、女は、そんな言葉はまるで聞こえないかのように、笑顔を見せて、「ねえ、私と寝る？」

「バカ。」

僕は歩き始めた。

「ありがとうね。またマージャンやろうね」、背中で声がした。

歌舞伎町・夜景…………………………三月四日

〈四十歳〉の娘のお土産に、上野ＡＢＡＢでミルフィーユとシュークリームを少し買って、二ヶ月ぶりに歌舞伎町に向かった。

僕が〈四十歳〉のために何かを買うなんて、八年間の中で初めてのことだ。あいつから一方的にしてもらうばかりの八年間だったから、シュークリームくらいじゃ何もならないけど、まあ、気は心だ。

歌舞伎町も、雪が降っていた。

僕がいた五年間にも、歌舞伎町には冬があって、雪も降ったはずなのに、僕の記憶の中の歌舞伎町は、いつも焼けただれたような熱気だけを放出していた夏の歌舞伎町で、秋や冬の記憶は欠落している。不思議なものだ。

昨夜は、肉体が酒を受けつけず、チビリチビリとやっていたら、酔うこともなく時間が過ぎ、零時過ぎに無事上野に帰ってきた。きっと僕の肉体は疲れているのだ。酔うと正体不明になるいつもの僕とは大違いだ。おかげで、出費が少なくて済んだ。

最近の歌舞伎町は、不景気な上に、取締り強化で、閑古鳥が鳴いているらしい。

つい先日は、区役所通りで、呼び込みのババアが酔っぱらい男を店に引き込んで、その酔っぱらい男に酒に混ぜた睡眠薬を飲ませたところ、量が多すぎて（？）酔っぱらいが死に、その近辺の悪質な店が片っ端から警察の手入れを受けて、大騒ぎだったという。

「あの手の店は、財布やカードを盗もうとして、本当にベロベロになった酔っぱらいを引っ張ってくるから、睡眠薬が効きすぎるのよ。」

こんな、三文小説みたいな話が実際にあるのが、トーキョー新宿歌舞伎町だ。

そうかと思うと、入管によるオーバーステイ狩りは相変わらず盛んで、二ヶ月ほど前には、入管職員に追われた韓国の若いオーバーステイ男性が、追い詰められ、思い余って、ビルの屋上から隣のビルめがけて飛んだが、届かずに、八階のビルから落ちて、死亡したという。

生命がらみの事件が増えてきたな、という気がした。普通の人たちは、こういう怖い場所にはあまり近づかないことだ。

「あなたは、お酒が好きな人じゃないものね。雰囲気が好きでお酒を飲むだけだものね。」

〈四十歳〉が言う。

「わかるのか？」

「うん。あんたは、お酒なんか好きじゃない。」

そうかなあ。

「あなた、上海のお土産、何がいい?」

約束どおり白いドレスに身を包んだ〈四十歳〉が訊く。

「土産なんかいいよ。お前が元気で帰ってくれれば、それでいい。」

返事がなかった。

「早く帰って来いよ。」

と僕は言った、「会えなくても、電話で怒鳴っていてもいいんだ。お前が歌舞伎町にいさえすれば、僕はそれでいいんだ。早く帰って来いよ。」

また、返事がなかった。

しばらく会えないのだから、写真の一枚でも残していけよ、と、言うと、

「三十代のときには一度もそんなことを言わずに、四十のババアになってから写真を撮らせろだなんて、絶対嫌よ!」

断固拒否された。


歌舞伎町を出て、JR新宿駅のホームに立った。

線路を、雪が白く染めていた。左手を見上げると、バッティングセンターのライトに染められた赤い空があった。

「あれが歌舞伎町の空の色だな。」

懐かしく思った。

あの赤い空を、誰も知らないだろう。あれは、僕だけが知っている歌舞伎町の色だ。

そう思った。

五十代前半をあの街に溺れた僕とは、いったい、何者だったんだろうな。

雪の中で、自分にそう問うたが、呑まなかったとは言っても、少しは酒が回っていて、酔ったオンボロ頭は、そんな難しい問いには、とても答えられなかった。

国士無双……………………………三月五日

深夜一時になって、パソコン打つのも大儀になって、マージャン屋に出かけた。一緒に打ったのは、別れた息子くらいの年齢の青年三人だった。

二回続けてトップを取り、五千円ほどもらい、ネットカフェの代金は十分に稼いだ。

初心者に毛の生えたような、実に稼ぎやすい相手だったが、しかし、こんな子供たちからお金を取ってもなあ、と思い、「次で終わりだよ」、店員に告げた。

僕が出親だった。

二回続けてトップだったし、一回くらいは敗けてやろうと思い、真面目にやる気もないので、無理だろうなとは思いつつ、「国士無双」を狙った。三人の青年たちは、僕のことなど無視して、

「ポン」、「チー！」と騒いでいた。

ツイているときは妙なものだ。やがて、「発《ハツ》」待ちの国士無双をテンパった。「発」はまだ二枚残っている。しかし、それが初心者の特権でもあるのだが、彼らは一向に無頓着だ。自分の手しか見ていないから、余った牌は何でも切ってくる。

そのうち、青年の一人が、ものも言わず、平然と「発」を切った。

可哀想だな、と思った。

見逃してやろうかな、とも思った。

しかし、バクチは非情なものだ。僕たちも彼らくらいの若い頃、散々痛い目に合わされ、強くなろうと必死で腕を磨いた。敗ける痛さを知らないと、強くなれないままに甘ったれたマージャンを生涯打ち続ける。

「ロンだな。」

僕は牌を倒した、「国士無双だ。」

「国士——?!」

「発」を切った青年が、信じられない、といった貌《かお》で、自分の棄《す》てた「発」と僕の手牌とを交互に見ていた。親の四万八千点。東《トン》の一局でゲームが終わった。

結局、二時間足らずで一万円ちょいをもらったが、技術の匂いのない、数字合わせに等しいマージャンで、どうも後味が悪くていけなかった。でも、役満記念に、コンビニに寄って、ユンケルを買って飲んだ。ありがとうね。

二日間で、こんな安いマージャンにもかかわらず、僕は二万円ほどの勝ち。

不思議なものだ。歯車が一つこれまでと違う回り方をし始めると、何もかもが好転していく。

これが、生きている面白さ、とでも言うものかもしれない。

いつかまた逢う指切りで　笑いながらに別れたが……三月十二日

〈四駅先の女〉のことを書いた原稿が残っていた。

昨年再会してからのことはこの日記に頻繁に書いてきたが、それまでのことは、ほんの少ししか書いていない。

このまま消滅させるのも忍びないので、掲載することにした。日記に書いた話と重複する部分は消した。

たった二ヶ月ほど一緒に暮らしただけの男女の、腐れ縁の記録だ。今は五十歳のババアになってしまったが、出逢った頃は、美しくて、いい女だった。


二〇〇四年、夏八月。ＪＲ新宿駅東口前のベンチに腰けながら、僕は空を眺めていた。

輪郭を持たない暑っ苦しい太陽が頭上にあった。

「歌舞伎町を出よう――。もうこの街には、僕を引き止める何ものもなくなった。」

そう思った。

僕は、四十歳を過ぎて日本人の群れを離れた。そして、流れに任せて生きるようになった。偶然が幾重にも重なるうちに、オーバーステイと呼ばれる韓国女たちと親交を深めるようになり、ついには新宿歌舞伎町で五年間ほどを過ごし、本（『歌舞伎町ドリーム』）も出した。

二〇〇三年頃から、オーバーステイの韓国女性が、一人、二人と、新宿歌舞伎町から姿を消し始めた。一番の理由は、石原慎太郎都政の歌舞伎町浄化政策を受けた不法残留者の摘発強化だ。入管の出張所が新宿に設置され、日本政府は本腰を入れて不法残留者の掃討に乗り出した。摘発件数を上げるなら対象者数が多い場所がいいに決まっている。歌舞伎町界隈のオーバーステイは狙い撃ちの的となり、無惨なオーバーステイ狩りが始まった。あるオーバーステイの韓国女が、パジャマの上にジーンズとセーターという軽装で買い物に出かけたところを警察官に職質され、パスポートを見せろと言われ、そのまま拘束された。翌日の夕方、千葉にいた姉が面会に行ったら、その女はすでに強制送還させられた後だったという。この早さ！

新宿にいたオーバーステイたちは、身の危険（？）を感じて、比較的取締りの緩い「田舎（地方都市）」に逃げ出した。

勝新太郎扮《ふん》する座頭市じゃないが、いやな渡世《とせい》だなあ、と思った。

幸いにも、と言うべきなのか、あるいは、不幸にも、と言うべきなのかわからないが、五十二歳にもなるというのに、僕は鞄一つでどこにでも行ける自由すぎる男になっていた。小さな旅行鞄一つを抱えて新宿駅東口の階段を下り、総武線のホームに立った。

一九九四年。特定郵便局長をしていた僕は、あれこれあって郵政業界を去った。別の言い方をすると、郵政業界から追放された。証券会社時代の友人に誘われて上京し、彼が経営する会社の社員となった。

それまでが郵政省の小役人や反目する同僚との、生き死にを懸けた戦いの日々だったから、僕は少しだけ休息したかった。友人の手助けをしながら次の人生を探そうか、と考えていた。

友人はそんな僕のために千葉のY市にアパートをあてがってくれた。

「俺はお前が羨《うらや》ましいよ。お前のように変化のある生活がしたい。」

友人はそう言った。僕は苦笑してその言葉を聞いていた。

ある夜、彼は、自分の恋人の働く韓国クラブに僕を誘った。もちろん、彼には妻子がいた。狭い公務員社会で生きてきた僕は、興味津々でついていき、そこで生まれて初めて韓国人の女たちと口をきくようになった。オーバーステイという存在を知ったのも、その頃だ。

何度か連れていかれるうちに、その中の一人と仲良くなった。周辺では、女はヤクザの情婦だ、と言われていた。

「私に声をかけたのはあんただけだよ。

頭を使わないと日本では生きていけないんだよ。ヤクザの亭主がいて、今は刑務所に入っています、って言うと、誰も怖がって、ホテルに行こうなんて言わないんだよ。日本人、案外馬鹿だからねえ。」

日本に来て三年しか経たっていないというのに、女がとても流暢《りゅうちょう》な日本語を話すので、僕は驚いた。

「日本の男と一緒に暮らすと、嫌でも日本語は上手になるのさ」、女は男の口調で笑った。

「あまりいいこともないのに、なんで子供まで置いて日本に来たんだい？」

そう尋ねると、女は答えた。

「私、日本の言葉、まだ上手に言えないけど、……、あなたにわかるかなあ。

あのネ、女…、生きる…、哀しい…、なんだよ。」

日本のバブル経済があっけなく終わりを迎えた頃に飛行機に乗った。日本に着くと、知り合いを頼って千葉の店に勤めた。一年ほどして日本人の恋人ができた。妻子のある男だった。店で稼ぐお金だけでは韓国の母親の生活を見てやれない。恋人が援助してくれた。そんな身の上話も聞かされた。

女は、釜山に二人の男の子を残して日本にやってきていた。小学生らしい男の子の写真を見せて、「可愛いでしょう？」と訊いた。

五ヶ月ほど経った晩夏、僕の友人がにっちもさっちもいかなくなった。社員が六名残った。僕を慕って集まってきた人間たちだった。

「これからどうするんだ？」

皆に訊ねると、僕と一緒に何かをやりたい、と言う。そう言われると、後始末を引き受けるしかない。相談の結果、新潟の有機栽培米を東京に流通させる仕事をしようということになった。それまでは違法行為として取締りの対象になっていた「闇米販売」が、「自主流通米販売」と呼び換えられて認知された時期だった。事務所を、東名や環八に出やすい池上線沿線に求め、僕もその近くに居を移した。

ドサクサの渦中に、女は店を辞めた。家財道具は全部残したまま、躰一つで消えた。

その十一月の終わり。

米の仕入れからの帰り、関越自動車道を走っていた。

携帯が鳴った。女からだった。

「突然いなくなって、どうしたんだ?」

僕は訊ねた。

「……、あんた、私がいたら困ったでしょ。」

女はそう言った。

それは事実だった。友人が韓国女とのトラブルでこけた後だけに、僕は韓国クラブのホステスである女との関係で周辺からとやかく言われたくなかった。

「ああ、そうだな」、僕は力なく答えた。

「だからね、消えてあげたんだよ。」

「……、済まないな。」

「ううん。いいんだよ。」

「今、どこにいるんだ。」

「大阪よりも向こう。

雪の降るところ。」

それだけ言うと、女は電話を切った。

だけど、その頃の僕に、女にかまけている余裕はなかった。友人は社員に満足に給料も払っていなかったから、僕らは無一文同様だった。経済バブルが弾け飛んだ直後で、設立したばかりの会社に銀行は融資なんかしてくれやしない。僕は友人知人からお金を借りまくり、運転資金を作った。負から始める事業というのは本当にしんどいものだった。

十二月の半ばになって、また女から電話があった。

毎日雨や雪ばかりで、僕の声が聞きたかったから、と女は言った。

「福井にいるんだな。」

僕は言った。僕にはその地名に確信があった。

「何でそんなことがわかるの?」

「大阪の向こうで雪の降るところと言ったら、福井しかない。隠さずに教えろ。福井のどこにいるんだ?」

「……、敦賀《つるが》。」

小さな声で女は答えた。

そうか敦賀に流れていたのか――。

「敦賀は遠すぎて、今はどうしてもそこに行けない。

だけど、もう少ししたら行くから、絶対に行くから。お前、そこから動くなよ。」

僕はそう言って電話を切った。

仕事納めの十二月三十日。社員にわずかばかりの給料を払い終わったのが、午後六時だった。社員を送り出したあと、僕は車に飛び乗り、東名に入った。女の店の閉まる午前一時までに敦賀に着かなくては、と自分に言い聞かせた。僕は車の運転のおそろしく不器用な男だったが、自分の人生であれほどに車を飛ばしたことはない。

敦賀の街に入ったのは、午前零時を回った頃だった。女の店を探した。

田舎街にしては大きい店で、そこには三十人以上の韓国女性が働いていた。

「来たの?!」

入ってきた僕の姿を見つけた女は、大喜びで何人かの韓国人ホステスに僕を紹介した。その女たちがあちこちに走りまわった。

突然、店内に拍手が渦巻いた。

「何だ?」

女を見た。

「東京からわざわざ韓国オンナを追いかけて来た日本人オトコがいるって、みんなが喜んでくれているんだよ。ここに働いているのは、みんな韓国オンナだからね。」

女が満足そうに教えてくれた。

それが僕と女との半年間の物語だ。

僕には女の経済的な面倒を見ることはできなかった。女の背中には彼女の母親や子供がいる。僕には、僕を頼っている七人の社員と別居中の妻と子がいた。そうである以上、僕たちの間は進展しようもない。

「済まないな。」

僕は自分の今月分の給料を女に渡して、数日後には敦賀を去った。

それからしばらくして、僕たちは音信不通になり、十年が過ぎた。

歌舞伎町を離れようと考えたとき、できるならば、女ともう一度会ってみたい、と思った。会ってどうするというものでもないが、女がまだ日本にいるとしたら、十三年間も日本の片隅でオーバーステイとして生き続けている女と会って、話してみたかった。女の現在を確認することは、さすらいだらけの人生を歩んできた僕自身の十年間を確認することでもあるように思えた。僕は記憶を手繰り寄せ、電話帳で当時Y市にあった韓国飲食店を探しまくった。

十年という歳月は長い。ほとんどの店はもうなくなっていた。それでも、一軒だけ、日本人と結婚した韓国女性の店が残っていて、そこの女主人が女の消息を知っていた。

女は、Y市にいた。十年の間に敦賀や大阪で働いたりしたが、やっぱり初めて日本で暮らした場所が懐かしくなって数年前に帰ってきたのだという。女主人は女の電話番号を教えてくれた。新宿駅を後にした僕は、夏の隅田川を、そして荒川を渡った。十三年間一度も韓国に帰ることもなく、〈存在証明証〉を持たないオーバーステイとしてこの国で生き続けてきた女の人生とは何だろう…。そんな他愛もないことを考えている間に、電車はY駅に着いた。

女に電話した。

「はい。」

低い声がした。その声は、かつての女の声と同じでもあるようだったし、まったく別の女の声とも思えた。

僕は自分の名を名乗った。

「ええっ！ 本当？」

僕の名を聞いた女も半信半疑だった。

「あれからどうしていたのよ。今、どこ？」

「今、駅前にいる」、一度会いたくて探したのだ、と僕は答えた。

「懐かしいねえ。すぐに行く。」

間もなく、ジーンズ姿の女が近づいてきた。

あれから十年も経っている。もう四十半ばのはずだ。どんなに変貌しているかと思っていたが、

「久しぶりだねえ。元気だった？」

声をかけてきた女は、昔と変わらない痩身の女だった。

女はしんから懐かしそうに僕を見てくれた。その視線が嬉しかった。

「あなたも歳をとったわね。こんなに白髪になって…、」

女は僕を笑った。

そう言う女の顎《あご》のあたりもたわんでいた。

千円の効力…………………………三月十六日

夕方から、背筋がゾクゾクして、本当に大変だった。

風邪だ。あれこれ考えた末、一〇〇円ショップに向かい、ホカロンを探したが、「貼るホカロン」はない。隣の薬局を覗いたら、一個六十円で売っていたので、二個買って、背中に貼りつけた。すぐに汗が出始め、少し楽になった。

今日は、朝になったら貧乏になり、それなのにネットカフェに籠《こ》もっていたため、昼下がりには極貧になった。もうこれ以上ネットカフェは無理だ。出た。

心底困ったときに頼りにしてきた〈出雲の神風〉が、「今日は電話で話す余裕がないの」、とのことで、うーん、とても困った。結局、上野公園で時間をつぶした。

今日は天候にも恵まれていたせいか、上野のお山は人でいっぱいだった。喧《やかま》しくて、とても原稿の推敲《すいこう》などできる雰囲気ではなかった。

春なのだ。

まことに結構な話である。

夕方五時になった。五時から明朝十時までのサウナ料金、二千六百二十五円。夜八時から明朝十時までのネットカフェ代は三千五百円。手持ち金、千二百円。

最低、サウナにもぐりこみたいな。しかし、どうしよう。と考え、頼むといつも二千円送ってくれる新潟県上越市の西條英夫さんという友人局長に、「いつもながらで申し訳ないが、また二千円送ってよ」、とお願いして、ATMに行ったら、今日はなぜか三千円送ってくれていた。おかげで、夕食が食べられた上に、ネットカフェでもサウナでも、どちらにでも行けることになった。考えた末、八時まで待って、ネットカフェに入った。

千円でこんなに変わるものかと、千円の効力に、あらためて感激した。

サウナは、安くて、夜を過ごすだけならいいけれど、何もすることがない。今夜はもう少しパソコンを打ちたかったので、助かった。

或る懺悔《ざんげ》……………………………三月二十三日

午後、御徒町駅前で〈歌舞伎町の女〉と待ち合わせた。午前中に会う予定だったが、「まだ用事があるのよ」、と電話があって、午後にのびた。

ネットカフェの代金が超過し、「まだ払えませんか」、何度も催促されて、困った。

電話をもらったとき、ちょうどイチローがヒットを打って、日本の勝利を確定的にしているところだった。ツーストライクのとき、「こいつが絵になる男なら、ここでヒットを打つんだがなあ」、と思っていたら、本当にヒットを打ち、唖然《あぜん》とした。

僕は野球にはまったく興味のない男だが、この男だけは、いいなと思う。僕は、どうも、〈職人〉を愛してやまないらしい。

午後二時。ＪＲ御徒町駅前で女を待っていた。

向こうから女が現れた。

「おい。どうしたんだ。ベビーカーなんか引いて。まるで子供でもいるみたいだな。」

見慣れぬ女の姿に笑いながら、胸元を見たら、そこに、寝息をたてた赤ん坊が、隠れていた。

「お前の子か？」

不思議なものでも見るように、僕は四十歳になった女の顔を見た。

「うん。」

「何ヶ月だ？」

「三ヶ月。」

「そうか…、」

言葉が出なかった。

「お前を見ていると、涙が出そうになるな。」

僕は言った。

「何で？」

女が、無邪気な笑みを浮かべて訊いた。

「何でもない。」

僕は大人だから、それきり横を向いた。

「この子のお父さん、去年、先に死んじゃったのよね。」

そんな言葉が、どこか遠くで聞こえていたが、僕は何一つ答えることができなかった。


今まで書いたことがないが、僕は、数年前、この女の心を、手ひどく裏切った。

僕が、五年近く住んだ歌舞伎町を出た直接の原因は、この女だった。この女の店を喰い物にしようと考えた人間がいて、それは僕の知り合いで、世話にもなった。

ある日、僕はその男に言った。

「あの店は、僕がこの世で一番大切にしている場所だ。

あいつも、いいお客を持って、一生懸命頑張っている。悪いけど、あそこに出入りするのはやめてくれないか。」

「そうかい。」

そう言った途端に、テーブルにあった大きなクリスタルの灰皿をつかんで、僕の頭を力任せに殴りつけた。

顔面血だらけになった。

「おい。包丁持って来い！」

男が振り返って子分に叫んだその一瞬の隙をついて、僕は部屋を裸足で飛び出し、交番から救急病院に運ばれ、裂けた頭皮を縫ってもらい、警察の保護を受けた。あれがあと一秒遅れていたら、僕はどこかに深い傷を受けていただろう。

警察で、「誰にやられたのかね」、としつこく訊かれたが、僕は答えなかった。

「知らない男だった」、そう言い張った。

仕返しが怖かったからではない。僕は、それまでの人生で、何度も人に売られた。人が人を売る醜さを、何度も、われとわが身で体験してきた。だからこそ、どんなことがあっても、自分だけは人を売る男にはなりたくない、そう思って生きてきた。

「じゃあ保護はできないな。帰りなさい。」

「そう言わずに、そこで朝までだけでも寝かせてくれよ。」

「八時には起きて出ていくんだぞ。」

「はい。」

警察の受付前のソファに横たわって朝を待ちながら、

(僕の歌舞伎町は終わったな。)

と思った。

あくる日、僕は、誰にも黙って、歌舞伎町を出た。女の店は喰い物にされた。

それから、昨秋戻るまでの間に、たった一度だけ、人目を避けて、深夜の歌舞伎町に行ったことがある。

「もう、私が、別の人を頼んで片づけたから、大丈夫だから。」

女が言った。

「そうか。」

僕は池袋まで行った。

池袋のマージャン屋で深夜になるのを待って、タクシーに乗った。歌舞伎町に入り、タクシーが区役所通りを抜けようとしている間、僕は道行く黒服の男たちを眺めていた。

突然、恐怖が僕を襲った。あの顔面血だらけにされた夜の記憶が戻ってきた。そして、道行く男たちが、皆、強面《こわもて》の男たちに見え始めた。

僕は、女の店の前でタクシーを降り、ビルを見上げた。深夜一時だった。

「もし、あそこで、あいつらが僕を待っていたら…、」

その光景を想像した。また恐怖が蘇ってきた。僕は、靖国通りを越え、人目につかない公衆電話から、女に電話した。

「本当に誰もいないのか?」

「もう、私が片づけたから。

お客もいないし、女たちもみんな帰したから、私以外誰もいない。すぐに来てよ。」

「そうか…。」

「私を信じてよ。

「大丈夫だから。ここで待っているから。」

私を信じてよ、もう一度女が言った。

十五分ほどそこいらをブラブラしたが、恐怖はおさまらない。

電話した。女はまだ、店で僕を待っていた。

「怖いよ。」

僕は正直に言った。

「大丈夫だから。私を信じてよ。」

女が、また、さっきと同じ言葉を言った。

「駄目だ。怖い。」

「私が信じられないのね。」

力のない声だった。

「悪いけど、僕は帰るわ。」

僕は言った。

「そう…。

わかった。さよなら。」

僕はタクシーに飛び乗り、

「四谷まで」、でたらめな地名を告げた。

あの夜、僕は、間違いなく、あの女の心を裏切った。

その僕を、女は、一度も責めたことがない。今も、八年前と同じように優しい。

「今日のネットカフェのお金、どうするの。ないんでしょ？

あなたの人生って、ほんとに、滅茶苦茶ね。」

そう言って、一万円札を財布から取り出して、僕に渡した。

「頑張ってよ。」

「……、おい。」

と僕は言った。

「お前だけは、幸せになれよ。この子供のためにも、お前くらいは幸せになれよ。」

「そうだねえ、頑張らなくちゃ。」


女と別れ、昼下がりの春日通りを歩きながら、

「お前だけは…。

お前くらいは…。」

僕は何度もつぶやいた。何度も何度もつぶやいた。

その時、五十六歳にもなる僕の両眼から、本当の涙が、少し流れた。

まいった！……………………………………三月二十七日

この十数年間、僕はわがまま勝手な放浪生活を続けてきたわけで、その過程で多くのものを失ってきたが、他の何を失っても、たった一つ、郵便貯金通帳だけは肌身離さず握りしめてきた。この貯金通帳は、（人に言われるまでもなく）僕の「甘ちゃん人生」の象徴であったが、これだけが、僕の命綱でもあった。これによって僕は生命を維持し、そしてまた、この日本社会に存在証明書を持たない僕にとって、この貯金通帳が、たった一つの存在証明書だった。言ってみれば、この貯金通帳が、僕と外界をつなぐたった一つの〈通路〉だった。

それを、今日、紛失した。

〈歌舞伎町の女〉と二人で、新宿西口の「何とか会館」に出かけ、手続きの説明を受け、帰り道、「じゃあな」と、大江戸線の切符を買おうとしたら、財布がない。財布がないということは、そこに入れていた貯金通帳がない、ということだ。

文字どおり、茫然《ぼうぜん》、とした。頭の中が真っ白になるというのはこのことだな、と思った。たとえば、この今現在、誰かが僕に送金しようとしても、僕は、受け取るすべを一切失っているのだ。ポケットには、数百円の小銭しかない。これは、とても大変なことではないか。

しかも、僕がY市を飛び出してから、早一年。住民票も健康保険も、もう失効している。つまり、今の僕には、存在証明書が何一つない。ということは、「紛失届け」を出して、「通帳再発行」をしてもらっても、僕はその新しい通帳を受け取ることができないのだ。

これもまた大変なことではないか。

「お前はもう帰れ。」

赤ん坊連れの〈歌舞伎町の女〉と別れ、急いで引き返して、あちこちに問い合わせたが、出てくるわけもない。

まいった。本当に、まいった。

ある特定郵便局長に電話したら、

「これぱっかりは、どうしてやりようもないですよね。」

そう。どうしようもない。

ポケットに、〈歌舞伎町の女〉が別れ間際に、「とりあえず、これで何とかしていて」、とよこした五千円があるだけだ。とても、週末三日をやり過ごせない。さしあたって、今夜をどう過ごそうか?

しかし、考える気力も失せ、僕は会館前の椅子に腰掛けて、タバコをふかすばかりだった。

電話が鳴った。

「大丈夫?」

〈歌舞伎町の女〉からだった。

「大丈夫じゃない。」

僕は力なく答えた、「考えがまったく思い浮かばない。」

「私の娘の名前の郵便局の貯金通帳があるのよ。それを使う?」

「いいのか?」

「うん。いいよ。」

「そうしてもらえたら、僕は本当に助かる。」

「しばらくの生活費は、私が用意するから、今夜、店に来て。」

僕は、夕暮れの新宿の空を見上げた。

重い灰色の空だった。

新大久保の民泊……………………………三月二十七日

僕は今、新宿区新大久保の「民泊」にいる。素泊まり一泊二千円。食事が五百円。一食五百円かと思っていたら、三食で五百円だった。これは安い。しかし、読者諸氏には、毎食を赤唐辛子入りの韓国料理は、ちょっと無理だろう。昨夜は四畳半に男三人で寝た。

ここの民泊はずいぶん貧しいらしく、三食付きといっても、もう三日間、スープとキムチ二種類と唐辛子炒め味噌という、僕にはちょっと経験のない貧しい食事が続いている。

一昨日は、「米がない!」と騒いでいて、同宿の坊やは夕食抜きになり、棚を探したら、カップ麺があって、食べようとしたら「〇七年製造」で、彼は衝撃を受けていた。まあ、三食五百円ってこんなものか。

ただ、青唐辛子（滅茶苦茶辛いんだぞ）を刻んで、酒を混ぜて炒めた味噌は、これはなかなか美味（と言うよりも、辛い！）で、普通の日本人にはちょっと食べられた代物ではないだろうが、僕は気に入っている。

つまり、僕はこの三日間九食を「味噌おにぎり」だけで過ごしている、と思ってくれれば間違いのない図だ。こんな食状況を、上野のつけ麺『たれ蔵』の店長に聞かせたら、あんた、何してるのよ、と哀れむだろうな。ああ、僕のたった一つの贅沢である「チャーシューつけ麺ピリ辛大盛味玉付き」が懐かしい。

しかし、食は別として、これまであまり経験したことのない生活ぶりなので、周囲の韓国人たちの話を聞きながら、僕は結構楽しんでいる。何よりも、よく眠れていい。こんな熟睡の数日間を送ったのは、久しぶりだ。

大久保は、以前は僕の根城だった。僕は、この街で、『百人町暮色』という恋愛小説を四百枚も書いたのだが、尊敬する編集女史に軽く無視されて、ガックリしたことがある。

僕の知っているこの街は、治外法権のような街で、昼間街を闊歩《かっぽ》しているのは、アジア人と日本のヤクザだけだった。今は知らない。

民泊というのは、日本で言う「民宿」、ともちょっと違う。「簡易宿舎」と言ったほうが一番適切かもしれない。普通の家庭（あるいはマンション）の一部屋に泊めてもらい、一部屋に二、三人が寝る。

ネットカフェにいる僕に電話があり、

「民泊でもいい？」

「どこでもいいよ。」

「お金のことは、明日私が行ってするから、気にしなくていいからね。」

甘えて、民泊に泊まることにした次第。また少し、上野が遠くなったのを感じた。

こういう簡易宿舎の存在を、日本人は誰も知らないだろうが、僕は、あの歌舞伎町時代を思い出して、とても懐かしい。五年前に泊まったときには、そこの女主人から、「国籍が欲しいのよ。私と結婚してよ」、とせがまれて、断るのに苦労したのであった。

そんなこんなを思い出して、ちょっと感慨にふけった。

同じ部屋に、パソコンを持っている韓国青年がいて、それを借りて、この日記を書いている。

この生活だと、お金がかからなくていい。

その韓国青年が訊く、「世川さん。いつまでここにいるんですか？」

ふむ。僕はいつまでいるのだろう？

一騒動の民泊、でした……………………四月三日

昨夜、深夜一時。僕たちの寝所の向こうが、やけに騒がしい。

眠っていた韓国青年が、「ああ、うるさいな」、と起き上がり、文句を言いに行ったが、騒ぎは一向に収まらない。

出かけていた管理人が帰ってきて、「何だ、まだ起きてるの？」

「やかましくて眠れない。」

管理人が立ち上がった。

それから、約二分後、事務所兼食堂で、韓国語の罵声《ばせい》と、壁や椅子がぶち当たる激しい音がし始めた。

殴り合いだ。

断っておくが、そのときは深夜の一時。おい。おい。真夜中の殴り合いなんか勘弁してくれよ、って時間。

僕と青年は、固唾《かたず》を呑んで向こうの様子を窺《うかが》っていたが、激しい物音は一向に収まらない。

何せ、韓国語なものだから、何をしゃべっているのか、さっぱりわからない。

「何を言っているの？」

「偉そうにするな。馬鹿野郎！って言っているんです。

あいつ。酒を呑むといつもああなんですよ。あいつは韓国人の恥だ。あんなやつがいるから、みんなが頑張っても、日本人から、韓国人は駄目だって言われるんだ。」

青年は、口惜しそうに、枕を何度も何度も拳でたたき続けた。

いくら待っても、たたき合う音も、怒声も、一向に収まらない。まいった。

「どうする?」

「出ましょうか。」

「そうだな。出ようか。」

僕たちは二人、素早く着替え、ショルダーバッグ一つを抱えて、民泊を飛び出した。深夜一時三十分。

二人とも宿泊費を払った後なので、お金がない。顔を見合わせて、また、「どうする?」

「どっかで、朝まで時間を潰しましょう。」

とは言ってもねえ。

「おい。僕だよ。助けてくれ」、〈歌舞伎町の女〉に電話した。

「滅茶苦茶ねえ。わかったわ。今夜はうちの店で寝て。」

「助かるな。」

「でもまだお客さんがいるから、少し時間を潰して。」

「済まない」、僕たちはコンビニで一時間立ち読みをして、女の店に入った。

女たちが帰り、青年が眠りこけ、暗い店内で独りタバコをふかしながら、

「こんな生活も久しぶりだな。」

感慨にふけった。

あの頃は、毎日がこんな生活だった。呑んだくれ、明くる日の夕方まで店のソファに寝っころがる日々だった。お客で呑みにいく人間には、そんな光景は想像もできないだろう。

が、どう考えても、このありようは五十六歳の男のものではないな。ふーむ。

青年は朝早く仕事に出かけ、午後になって、女が来た。

「ラーメンでも食べる?」

そう言って、簡単な食事を作ってくれた。

「一緒に出ようか。」

二人で昼下がりの歌舞伎町を歩き始めた。もちろん女はベビーカーを引いている。

「僕はここで曲がるわ。」

最初の角で僕は言った。

「何で?」

「お前は客商売なのに、僕みたいな男と並んでいるところを見られたら、商売に差し支えるだろうが。」

女が笑った、「なに言っているのよ。そんなことは気にしなくてもいいの。」

「そうか?」

「そんなことを気にするなら、もっとしっかりしてよ。」

まあ、それも言える。

で、別れたのだが、〈明日〉の行方が皆目わからない。今夜はどうしようかな。

忘れたの？…………………………………四月四日

池袋のネットカフェで目覚め、或る〈僕の神さま〉に、

「朝十時でギブアップ。乞う！　救援。」

とメールしたところ、十時十分前に電話があって、

「今、送っておいたから。」

ああ、韓国青年と二人であと二日間、何とか生きられる！

ありがとう、ありがとう、ありがとう。一息ついた僕であった。

「あのね。メールはうちの子供たちが見る可能性があるから、これからはメールは絶対駄目だよ。」

ごめんね。

韓国青年は、様子見にいったん宿に帰った。昨夜は一睡もしていなかったので、少し眠った。青年から何度か電話があった。昨日働いたお金ももらえず、民泊で待機しているらしい。まだ帰ってこない。きっと、電車賃がないのだろう。

夕方、〈歌舞伎町の女〉に電話して、昨夜の民泊での殴り合いの話をしていたら、

「やめてっ！」

悲鳴のような声が返ってきた。

「どうした?」

「もう、そんな恐ろしい人たちとつきあい持つのは、絶対にやめて!」

「だけど、あの坊やが行き場もなくて可哀想…、」

「忘れたの?!」

……。忘れたの?

「……、そうだな。」

忘れたりするものか。あったかもしれない〈一つの未来〉を、七年前のあの日無残に打ち砕かれたんだ。忘れるわけがない。

「わかった。もう、あいつらとはかかわらない。」

「あなたは、嫌だって言えない人だから…、」

僕の性格を知っている女は、不安そうな口調だった。

「大丈夫だ。もう接触しない。あの坊やから電話があっても、もう、助けない。約束する。」

「きっとよ。」

幸いなことに、今のこの時間まで、韓国青年から電話は来ない。

しかし、今夜また、「世川さん、助けてください!」って電話があったら、僕はどうするのだろう。正直なところ、断固拒絶できる自信はない。女に内緒で助けそうな、そんな自分を感じる。だが、それをした時は、女と縁の切れる時だ。出逢って間もない文無しの韓国青年を取るのか、八年来のこの女を取るのか、情けない話だが、真面目に悩んでいる。

二日サボったお詫び……………………四月七日

日曜日の夕方、池袋を出た。例の韓国青年から、その後連絡はなかった。電話がかかってきて、「助けて！」と言われたら、僕はどうするのか、その結果を見ないまま、いや、その結果を見たくなくて、僕は池袋を去った。それ以外に方法が思い浮かばなかった。

どこに行こうかな、と考えたが、とりあえず、慣れた上野に帰った。

ネットカフェに入った。前日寝ていなかったので、原稿の整理をしている間に眠りこけ、日曜日の日記は書けなかった。

月曜日、寝すぎて、午後に目覚めた。サービスパックが無効になって、一時間四百円の加算システムに移っていた。お金が足りない。

「ちょっと待っていてくれ。」

有り金を差し出し、ＡＴＭに向かった。四千円ほど送金があったが、不足料金三千円を払ったら、泊まるところがなくなってしまう。

「ふーむ。」

考えた末、わずか四千円を持って、久しぶりに、マージャン屋に入った。本当に久しぶりだ。トップで千円の儲け、ビリで千二百五十円支払いの、安〜い安〜いマージャンをした。

今朝の六時までマージャンを打ち、勝ち続け（ゲーム代を入れると、一万三千円の勝ちだった）。手持ちを一万円にしたところで止め、さっきネットカフェに不足料金三千円を払ってきた。

「遅すぎるでしょ。」

ネットカフェの店長が怒っていた。

そう言うな。こちらにも事情があるんだ。

でも、もう、ここは使えないな。

〈四駅先〉に戻った……………………………………四月十五日

夜も九時になってから、〈四駅先の女〉から電話があった。

「どうしているの？」

「今、Y市のネットカフェにいるよ。」

「ホント?!」

「だけど、お金がなくて、ネットカフェから全然動けない。」

「来てよ。」

「お金がないって言ってるだろう。今日の僕は、本当の本当に貧乏なんだよ。」

「電車賃はあるの？」

「百五十円くらいは持ってるさ。」

「来てよ。」

「だから、お金はないって。」

「いいから来てよ！」

……、そうか。

珍しいことに、あいつに惚《ほ》れているお客が来ていて、ハルちゃんという、僕たちに親切にしてくれてきた五十歳の女が、あいつの代わりに僕についた。貧乏なあいつは、僕の飲み代を立て替えるお金がなく、何万円か、ハルちゃんに借りているのだと言う。

「世川さん。私のことは何も気にしなくていいのよ。」

ハルちゃんが言った。

「世川さんは、どんなに貧乏していたって、いつも明るい人だったから、そんな人はあんまりいないから、私は、世川さんはいつかきっと立派な人になる、と信じてきたの。だから、〈四駅先の女〉を助けてきたの。お金のことなんかは気にしなくていいのよ。」

「……。」

おい。あんたまで、そんなに泣かせるなよ。

〈四駅先の女〉が戻ってきて、

「肩が痛くてたまらないの。少し揉《も》んでよ。」

こいつは本当に馬鹿だ。商売っ気を、どこかに捨てている。

隣のお客が、

「あの二人、見てられないよな。」

と笑った。

「おい。お客が逃げるぞ。」

と言うと、

「いいんだよ。」

数分後に、隣の隣の客、つまり、あいつに惚れた男が、帰っていった。

「お前。いいのかよ。」

「何が?」

「お客が帰ったぞ。」

「いいんだよ。それより、背骨のとこ、もっときつく押さえてよ。」

女はケロッとした声で答えた。

結局、時が経って考えたら、僕は、肩もみのために呼ばれていた。

バカ。

無保険医療者の悲哀……………………四月十六日

長年放浪生活を送ってきて、ブツブツ言いながらも、それほど不自由を感じたことはなかったが、今朝は、しみじみと放浪者（＝ホームレス）の悲哀を実感させられた。

今朝、僕は、こんな風体だった。

寝起きのボサボサ髪。四日剃《そ》っていない不精ヒゲ。下着のシャツを丸見えにボタンを外したヨレヨレの赤シャツ。買ってから一度しか洗濯していない汚れジーンズ。

二種類の降圧剤のうち一種類がなくなって、残りの一種類だけを二錠ずつ飲み始めて三日、それもなくなってから、もう二日が経った。

この降圧剤は、途中でやめるのが一番危険だと、誰からも言われてきた。もう、完全に血圧二〇〇には戻っている。いつ血管が切れるかと、不安でたまらない。今朝も、目覚めてから、やけにふわついた感じ。とにかく薬を飲まなくちゃ。わずかばかりの千円札を握って、薬局に向かった。以前にも何度か世話になった薬局で、処方箋を差し出した。

「今日の薬、お金、どれくらいかかりますか？」

「ちょっと待ってくださいね。今調べますから」、女の子がパソコンに向かった。

「世川さん。今日は自己負担ですから、九千九百七十円ね。」

ギョッ！

昨夜ネットカフェに一万円差し出したばかりだ。

しみじみと、わが身の現在位置を理解した。無保険医療って、こんなにお金がかかるんだ。

「なんとか、この金額の範囲で、もらえるだけ下さいな。」

「うーん。普通はそんなことはできないんですよね。」

彼女は僕の風体を素早く見た。彼女の眼には、僕は、文無しのホームレスとしか映らない（まあ、事実そうだが）。

「だけど、これを飲まなきゃ、僕、死んじゃうよ。」

「それもそうですね。

じゃあ、七日分だけでも出せるように相談してきます。」

おいおい。いつだったかは、処方箋どおりに全部くれて、「残りは次に来たときでいいですよ。」って可愛らしく言ってくれたじゃないか。

これが無保険医療者の受ける悲哀だな。

結局、薬局の奥で薬剤師たちが相談の上、しかも、何人かがわざわざ出てきて僕の風体を確かめた上、当初七日分と言っていたのを三日延ばして、十日分の薬をくれた。

「世川さん。十日の間に、残りのお金、ご用意できます？」

疑わしそうな声であった。

「とにかく、お水を一杯くださいな。」

その場で水をもらって、二錠を口に放り込んだ。

「血圧よ。下がれ！」

ゴクン、と自分の喉《のど》の鳴る音を聞いて、ホッとした。全身を縛っていた緊張が解けるのがわかった、「ああ、あと十日は生きられる！」

結局、手元に残ったのは百円玉五枚だけだった。これをどう使おう。昨夜から何も食べていない。五十円引きキャンペーン中の吉野家に入った。

「何になさいます?」

これもまた見慣れた女店員が訊いた。月曜からの三日間、毎日ここで豚丼二百八十円だ。四日間豚丼では、あまりに僕が悲しすぎる。「牛丼。」贅沢をした。

チキショー、チキショー、チキショー。もう、貧乏はいやだ。もう、吉野屋はいやだ。もう、無保険医療はいやだ。今に、きっと、金持ちになってやる!

ざんぶりと振りかけた紅しょうがに、叫び続けた僕であった。

何とか土曜日をクリアした……………………四月十九日

ネットカフェは週末料金で、貧乏人は長くはいられない。あそこやここや、出たり入ったりしているうちに、だんだんお金が乏しくなってきた。考えた末、早朝五時からのサウナ「ダンディ」が一番安いので、朝になったらに行こう、と決めた。それまでの時間稼ぎに、深夜の上野界隈を二時間ほど歩いた。

上野は、ホームレスがまた数を増していた。駅前の歩道橋の上にも段ボールハウスが進出していた。ビルのシャッターの前にも寝転んでいた。

春になって、路上が過ごしやすくなったのだ。マルイビルの気温掲示板では、深夜二時に、一五度、と出ていた。先だって散策したときが八度だった。この七度の差は非常に大きい。彼らのためにも、僕のためにも、とてもいいことである。

歩道橋の上で思いつく文章を書きとめる作業をしていたら、向こうに、人影が見えた。何気ない風で近寄ると、四十歳前くらいの男性が、リュック一つ足元に置いて、行き暮れたような眼で彼方の闇を見ていた。新参のホームレスらしい。

おい、そんな哀しそうな眼をするなよ、と励ましてやりたかったが、それは失礼というものだから、黙って通り過ぎた。

だけど。

頑張れよ。

土曜日の夜なので、深夜になっても、大勢の男女が往来を元気よく歩いている。

歩道橋の上から、そんな男女の風景を見おろしながら、世の中には、この人数分ほどの愛情物語があり、そしてそれはただの一つも他と同じではないのだな、と気づき、当たり前過ぎる事実に、あらためて感心した僕だった。

上野を出た……………………………………四月十九日

手持ちの金がわずか四千円と乏しくなり、今日をギリギリでやり過ごすには、上野ではサウナ「ダンディ」しかなくなった。

だが、いくらお金がないからといっても、二日も三日も、一日の大半をサウナの建物の中で無為に過ごすというのは、いかにも情けない。しかも、明日は、整理した原稿を渡す約束をしている。〈歌舞伎町の女〉に頼まれている仕事が、二十八日までに書類が完備されていなくてはならず、お互い分担してやっているが、近くにいないと何かと不便だ。かといって、歌舞伎町にいると、一生遭いたくない強面男たちと遭遇する可能性もある。それは真っ平だし、精神衛生上、とても悪い。

冷静に考えるなら、僕が上野に滞在しなければならない理由は何もない。どこかの街のネットカフェ「マンボー」に行けば、十二時間千五百円セットがある。

よしっ。池袋に行こう。御徒町駅から山手線に乗って、あと一分ほどで池袋、と腰を上げかけたとき、電話が鳴った。〈歌舞伎町の女〉からだった。ふむ。以心伝心というやつか。

「もうすぐ池袋に着く。しばらくは池袋にいるから、何かあったら電話をくれ。」

「あら、池袋に来たの？」

「ああ。二十八日は朝が早いから、二十七日の夜はお前の店で寝かせてくれよ。」

「いいよ。」

ここ一ヶ月ほどの自分自身を見ていて、「僕は糸の切れた凧《たこ》のようになりつつあるな」、そんな気がした。僕の心を縛りつける土地がなくなっている。実際、歌舞伎町にいたり、Y市に行ったり、上野に戻ったり、浮遊して暮らした。あの貯金通帳紛失は、暗示的だったな、と、しみじみと思う。これから僕は、どこに流れていくのだろう。まったく予想が立たない。

今の僕は、いわゆるホームレスではない。それは自分が一番知っている。では、いったい僕とは何者なのだ、と自問するのだが、明確な答えは出てこない。毎日をこの日記執筆と原稿書きだけに費やしている自分の生に、どんな意味づけをすればいいのか、わからない。何よりも、意味があると思えない。

僕は、何を求めて、このような、通常の中年男性たちとは大きく隔たった生を生きているのだろう。

それもわからない。だけど、それにもかかわらず、きっと僕は、この流浪の生を生き続けるに違いない。五十七歳になろうが、六十歳になろうが、どこかの路端で行き倒れるまで、まるで、二十歳の青年のように、遥か彼方を見つめながら、この、文無しのみじめったらしい流浪を生き続けるに違いない。

思えば、実に厄介な精神を持ってこの世に生まれ出たものだ。

やっぱり魔の週末だ……四月二十五日

大疲れの一晩だった。細かいことを書くのも億劫《おっくう》だ。とにかく、疲れた。

僕の一日において、食事抜き睡眠抜きは平気の平左《へいざ》だが、何時間もタバコがないというのは、これは、もう、拷問と同義だ。久しぶりの拷問であった。

午後二時も過ぎてから新潟の西條英夫さんから送金があって、やっと二千円を手にしたので、まずタバコを買い求め、日記書きにネットカフェに来た。

もちろん、この金額では、今日明日は過ごせない。仕方がない。困った時の〈歌舞伎町の女〉頼みだ。歌舞伎町にUターンして、今夜と明日は、あいつの店に泊めてもらおう。

うん？

そうだね、明後日の晩も泊めてくれと頼んであったな。三日間、人気のない歌舞伎町韓国クラブのソファか。まあ、いいや。ゆっくりいい文章を書こう。

命綱の降圧剤が、今日で切れた。打つ手もないまま今日が来た。どう考えても、明日手に入れることは不可能だ。また一日、血管プッツンの恐怖に怯《おび》えなくてはならないのか。トホホ。

この降圧剤は、飲んだりやめたりが一番いけないとは言われているが、なにせ、無保険の僕である。こればっかりはどうしようもない。

きっと、僕が死ぬときは、血管プッツンが原因だろう。しかし、次姉の話によると、それで死ぬのはまだ幸福で、一番怖いのは、血管プッツンで死ななかった場合なのだそうだ。死に切れずに路上で半身不随の身、なんてのにはなりたくないな。

考えたら、昨日から、ハンバーガー一個以外、何も食べていない。何か食べよう。

僕は泣いたりはしないが…………………………四月二十八日

二人で東新宿の不動産屋に行った。四畳半の小部屋を、家主と共に見た。

「どう？」

「いや。僕には何の文句もないけど…。」

「そう。よかった。」

家主が、僕に訊ねた。

「あんた、何してる人？　作家？」

「作家なんて立派な人間じゃなくて、売れない物書きしてます。」

「じゃあ駄目だな。」

家主が素っ気なく言った。

「サラリーマンなら給料の保証があるけど、物書きなんかじゃ保証がない。」

その時、女が家主の言葉をさえぎった。

「私が保証人になります。家賃も、今ここで払います。

私、これでも、歌舞伎町でバリバリで頑張っています。店も流行っています。私が保証人ならいいでしょう？」

「えっ？」

僕は驚いて女を見た。

「この人が払えなくなったら、あんたが払うんだね？」

家主が女に訊き返した。

「はい。私が責任もって払います。」

僕は、ただ黙って、女の交渉を聞いていた。

女が、用意してきた紙袋から、十万円を出して、

「でも、礼金はなしにして下さいね。」

などと交渉するのを、世間知らずの子供のように、ただ黙って見ていた。

女は、他人に自分を誇ることを絶対にしない女だった。それが、僕の保証人になるために「歌舞伎町でバリバリで頑張っています。店も流行っています」、などと、言いたくもない言葉を吐いている。

部屋が決まった。

女が、銭湯とコインランドリーの場所を教えてくれた。それから、女のマンションに行って、布団を一組もらい、エッチラオッチラ部屋まで担《かつ》いで帰った。

「テレビと机は今度でいいでしょ？」

もう、みんな、準備されていたのだ。

僕は、男だから、滅多なことでは人前で涙などは見せない、と誓って生きてきた。

だから、今日も、僕は、泣いたりはしないが。

ネットカフェで書く最後の放浪日記

……………………五月二日

それにしても、この生活の急変。

この数日間、僕は、毎日、夜に寝て、朝に目覚めるのだよ。何という不規則な生活に投げ込まれたのだろう。まともな人間のする生活ではない。人に話したら笑われそうで恥ずかしい。

今朝も、有り金を数えて、歌舞伎町のネットカフェに来た。ここの六時間九百八十円は、実に助かる。今日はゆっくり日記を書こう。

明日は、〈未知の読者〉菊地研一郎さんが、僕にくれるノートパソコンを持って、わざわざ東新宿まで来てくれるのだと言う。「ノートパソコンをプレゼントしますから、もう、ネットカフェ難民はやめてください」というメールをもらったのは、部屋が決まった明くる日だった。

一面識もないこの人の、僕に対する〈破格の厚意〉に接するたびに、僕は、胸を熱くする。

僕は、この十年間、働くこともせず、長年の友人たちに厚かましく甘え、「おい。お金がなくなったよ。飢えて死ぬぞ。すぐに送ってくれよ」、などと、平然と電話をし、お金をせびり取って今日まで生きてきた。

彼らは僕という男を十分に知っているから、僕には僕なりの思いがあって、悪びれもせず、そうやって生き抜いてきた。僕のせいで家庭不和に陥った人間は、何人もいる。それも、僕は、見て見ないふりをして、せびり続けた。

それらは、僕が、こちら側から厚かましくせがんでのことだった。しかし、面識のない未知の人たちから、つまり、向こう側から自発的に優しくされたのは、この日記を書き始めてからだ。滅茶苦茶な放浪を生きている僕の文章を読んで、感想をくれたり、購読料を送ってくれたり、さらには、会いたいと言ってくれる未知の人間がいることが、不思議でたまらなかったし、嬉しかった。

菊地研一郎さんもそうだが、「やたろう」さんという〈未知の読者〉女史のさりげない優しさには、僕は何度か胸を詰まらせた。その内容を細々書くほど僕のペンは落ちぶれてはいないが、そうだった。

彼や彼女たちの〈破格の厚意〉に報いるには、この日記を書き続けること、いつかまた、彼や彼女たちが納得できる著作を出すこと、ただそれだけだ、と思って、この数ヶ月を生きてきた。菊地さんのおかげで、明日からはネットカフェ代金を気にせずに、自分の四畳半で日記の執筆ができる。感謝してやまない。

おそらく、ネットカフェで書く『放浪日記』は、今日が最後になるだろう。

振り返るなら、僕は、実に十年間という長い歳月を、ネットカフェを転々として生きてきた。東京、大阪、千葉、新潟、富山……、いろいろな街のネットカフェを渡り歩いた。布団で寝るなんて生活は、五分の一もなかっただろう。

孤独は僕の属性だ、と思っていたから、この放浪生活を、つらい、さびしい、などと思ったことはないが、それでも時々は、五十歳を過ぎた自分の身を凝視して、〈明日〉が見えないなあ、僕は何を生きているんだろう、と嘆息したことはあった。
ホント、僕は、この十年間、何を生きてきたのだろう？

僕が愛した歌舞伎町（一）『アサヒ芸能』のご好意による……五月七日

西の西武新宿駅、東の明治通り、南の靖国通り、北の職安通り、それらに囲まれた一角が、日本最大の歓楽街、新宿歌舞伎町だ。
その歌舞伎町に、僕は四年ぶりに舞い戻ってきた。夕間暮れの秋風が吹いていた。ずいぶん変わっていた。区役所通りの「風林会館」前交差点あたりまでは、靖国通りから集団越境してきたジーンズ姿の若者たちに占領され、黒い肌をした南米系の呼び込みたちの姿も消え失せていた。

何よりも、人影が少なくなっていた。日本のどこにでもある歓楽街のように、さびれて見えた。二〇〇〇年前後から、僕はこの歌舞伎町で、毎日麻雀を打つばかりの自堕落を生きていた。ねぐらは小汚い韓国スナック。深夜に集まってくる韓国女たちと真っ赤なキムチを肴《さかな》に大酒を飲み、酔いつぶれるとそのソファで、店内を走り回るどでかい新宿鼠《ねずみ》を友だちに次の夕方まで眠るという、五十歳を目前にした中年の生活とは思えないような日々を繰り返した。

歓楽街に生きる人間にとって、〈夢〉はお金だ。その頃の日本は、ちょうど今と同じように、株が大暴落して、暗い平成不況のど真ん中だった。だが、バブル期並みのお金が動く歌舞伎町だけは、まだ〈夢〉の叶う街として、韓国、中国、台湾、フィリピン、ロシア…、日本での一万円が自国では数倍の値打ちを持つ貧しいアジア各国から押しかけた大勢の男女で、毎晩がカーニバルのように熱く燃えていて、不夜城、と呼ばれた。

享楽を求める日本男性たちを挑発するかのように、異国から来た女たちも若い肉体を見せびらかして区役所通りを闊歩《かっぽ》していたし、西武新宿駅前の通りでは中国エステが、大久保病院裏の辻では街娼が、熱心にお客の袖を引いていた。

女ばかりではない。西武新宿駅に向かう夜明けの辻で声をかけられ、小汚い連れ込みホテルに入ったら、「お兄さん、サービスしてあげるから早く脱ぎなさいよ。」の囁《ささや》きはとんでもないダミ声で、「あと二万円出すから、このまま帰してくれよ」と、真っ青になって部屋を飛び出したこともある。

歌舞伎町の路地に散らばっている僕だけの思い出を拾い上げれば、きりがない。懐かしさに、そうした通りを歩いてみたが、どの辻にも女たちの姿はまばらだった。

たった四年でこんなに変わるものか、不思議な気がした。

あの頃、僕にじゃれつく、猫のような眼をしたオーバーステイ（不法滞留）の韓国娘がいた。スナという名で、二十六歳だった。

若い女の肉体が誘い水の歓楽街システムは、真面目に生きる女にはお金が入らないように作られていた。その象徴的な例が、韓国クラブのホステスたちに一週間に二回ほど強制される「強制同伴」と呼ばれるものだった。お客を伴って出勤しないと罰金ウン万円が科せられ、給料から差し引かれるシステムで、それができないと給料なんかほとんどない。贔屓《ひいき》の客の少ない新参ホステスや年増《としま》ホステスは、生き延びるために、肉体を餌にしてでも「同伴」をこなすしか方途がなかった。バッティングセンター裏のラブホテル通りは、夕刻にアベックであふれていた。

だから、表面のあでやかさとは裏腹に、アジアから来た彼女たちは、どの女も貧しかった。売れないホステスだったスナも、借金だらけの宿無しで、知り合いの部屋を転々とし、時々は、店のママの言いつけで體を売らされていた。

或る夜、懇意にしていた韓国女性から、「この娘は今夜泊まる所がないんだよ。どっかに泊めてやって」、と頼まれ、バッティングセンター裏の安いラブホテルに泊まった。

男と女が一緒にラブホテルに入るのだから、スナも覚悟していたようだが、僕はそんな気になれず、彼女をベッドに寝かせ、自分は小さな椅子を二つ並べてそこに寝た。

真夜中、スリップ姿のスナが僕を起こし、「ここで眠る、して。」そう言って、ベッドの半分を空けてくれた。

しかし、隣に寝ながら指一本触れずに別れたら、それがよほど嬉しかったらしく、それから僕にじゃれついてくるようになった。

この娘の、例えば、日本人男性を「日本人オトコ」と言ったり、「お金を稼ぐ」を「お金働きする」とか言う、覚えたばかりのわずかな日本語を必死でつなぎ合わせた表現が、僕にはたまらなく新鮮で、美しく聞こえた。

異国から来た女たち、特にオーバーステイになった女たちは、この国では幽霊的存在だ。彼女たちの存在を証明するものは、有効期限の切れたビザだけだ。他には何もない。だから、病院に行かねばならないときなどは、保険証を持っている友人から一回一万円で借りて行くのだ。

そんな不安定な身の女たちに日本の銀行や消費者金融がお金を貸すはずもなく、お金に困った彼女たちを相手にしてくれるのは、暴利をむさぼる高利貸ししかいない。異国から来た女たちは高利貸しのいいお得意さんだった。

しかし、異国から来た女たちは気づいていないが、有効期限の切れたビザなどが担保になるわけがない。本当の担保は、女たちの「若い肉体」だ。金利の計算が満足にできないスナは、十日に一割の利息がつく「トイチ」の高利貸しでがんじがらめになっていた。

お客が少ないので給料もわずかだから、十日ごとの利息が払えず、よく高利貸しの事務所に監禁された。時には、「今、トイチ会社来ている。トイチ社長怒って、私、帰る、できないよ。お願い（だ）から、助ける、してよ。お願いします。」という泣きそうな声の電話を受けて、高利貸しの事務所まで引き取りにも行った。

狭い事務所で、ドアを閉められ、二十ほどは歳が若そうだとはいえ、強面で筋肉派の男たち二、三人に睨みつけられると、やはり、気後れする。工面してきた利息分のお金を差し出して、「今日のところは、これで帰してやってくれませんか」、と頭を下げると、高利貸しがうそぶいた。「おい。雄琴《おごと》（滋賀県）に行ってくるか？　なーに、誰にもわからないように運んでやるさ。あそこで二週間も働きゃ、借金は全部返せるぜ。」

ソープランドだ。ソープランドは全国各地にある。そこで売春すれば、一回につき一万円以上の現金が女の手元に入ってくる。しかし、近場で売春していることがばれれば、もう、クラブのホステスとしては生きていけない。顔見知りのいない遠方、しかも女の手取り額が多い高級ソープランド街・雄琴に連れて行って、期間限定で働かせて借金分を稼がせよう、という魂胆だ。

そんな話は、そこいら中ゴロゴロしていた。借金地獄に陥って地方の温泉に売り飛ばされた女もいた。ある日突然、歌舞伎町から躰一つで姿を消した女なんて、掃《は》いて棄てるほどいる。だけど、うまく逃げたつもりでも、韓国人向け情報誌の「尋ね人欄」に、夜逃げした女の顔写真が懸賞金つきで掲載され、なかなか逃げ切れないようになっている。

ロシアのハバロフスクから来て、売春クラブに働くナターシャという二十歳過ぎの娘の生活も、ひどいものだった。

フィリピンやロシアから来る娘は、ほとんど、ダンサーとかシンガーとしての半年間だけの興行ビザだが、実際は五時出勤の四時閉店のホステスだ。

ワゴン車で送迎され、ショータイムになると、白く透けた下着まがいの服装でダンスを踊らされ、それで給料は半年後、帰国直前の一括後払いだ。

その半年間は現金収入がないから、チップと売春で現金収入を図らなくてはならない。もちろん、これは、女たちを自発的に売春へと向かわせる歓楽街の知恵だ。

彼女たちが「寮」と呼ぶ部屋に帰っても、シングルベッド一つを置いた狭い一Kに四人が暮らすというタコ部屋生活で、広いベッドに眠りたくて男とラブホテルに行く女もいるのだ、と言う。

初めて食事に行ったとき、好物だという茹《ゆ》でた大海老《えび》を細く白い指でほぐし、故郷のハバロフスクではもっと大きな海老が食べられる、自分はロシアでは魚市場で働いていたのだと言いながら窓の外を見て、「青い空、見る、久しぶりですね」、その言葉が不憫《ふびん》だった。

スナもナターシャも、父親のいない娘だった。スナの父親は病死、ナターシャは父母の離婚のためだ。二人とも、僕に、今はいない父親の面影を求めていたような気がする。

一方の僕も、離婚して娘と別れていたから、「女」と呼ぶには幼さが残りすぎている二人に別れた娘の幻を見ていた。だから、彼女たちを知ったとき、無関心に通り過ぎることが、どうしてもできなかった。

言葉を飾らず言うなら、日本に無知な異国の若い女たちの肉体を肥《こえ》にして増殖する危ない街、それが二十一世紀当初の歌舞伎町だった。そんな危ない歓楽街で少しでも多くのお金を稼ごうと、貧しい国から来た女たちは懸命にネオンの海を泳いでいた。

しかし、アジア人嫌いの石原都知事の歌舞伎町浄化政策が始まると同時に、不法滞留者取締りも強化され、彼女たちは一斉に歌舞伎町から逃げ出した。

ただ、それでも何人かは歌舞伎町に踏みとどまって、見果てぬ〈夢〉を追い続けた。

僕が愛した歌舞伎町（二）『アサヒ芸能』のご好意による……五月八日

歌舞伎町の秋風を懐かしみながら、風林会館裏の小路を右に曲がった。「久しぶりね」、五年前と同じ長い髪をしたチマチョゴリ（韓国民族衣装）姿の女が、あの頃にはなかった小皺《こじわ》を目尻に浮かべて迎えた。

この女、柳《ユー》は、韓国料理店経営という夢を見て日本に来た女だった。釜山の証券会社に勤めていたが、歌舞伎町で美容室を経営する姉に誘われて、二十六歳のときに恋人と観光ビザで渡日し、間もなくオーバーステイになった。五反田で韓国料理店をやった。

しかし、当時は韓国料理が日本に十分に浸透しておらず、数年で経営が傾き、店舗は借金のかたに高利貸しに取られた。

歌舞伎町に移り、職安通りで、再び『柳の店』という小さな韓国料理店を始めたが、その間に、恋人は日本の生活に疲れ、彼女を残して韓国に帰った。独りになった彼女は韓国クラブのホステスに転じた。

僕と出逢ったのはそんな頃だ。七年前、柳はまだ三十二歳だった。僕はこれまでに大勢のアジア系女性と出逢い、その女たちから、いくつもの心に残る言葉を聞かされたが、中でも一番心に残ったのは、「軆、軆って、そんなものが何なのよ。この街の女は、軆なんか、国を出るときに棄ててきているの」、という言葉だった。それが、この女だった。

五年前に、姉が借金だらけになった。柳が気づいたときには、もうどうしようもない状態で、姉は韓国に逃げ帰った。そして、保証人の柳に返済が求められた。総額で三千万円。

「店を持つわ。」

ある日、柳が言った、「頑張って姉さんの借金を返さなくちゃ。」

その言葉どおり、間もなくして、区役所通りの古いビルの五階に小さな韓国パブを開き、ホステス時代の客を総動員して、小さな店を必死で切り盛りした。だけど、それが簡単な苦労であるわけがない。

開店して半年ほど経ったある夜、店が終わって、ホステスたちも帰り、僕たちは二人きりになった。

「ちょっとここに来て。」

柳が隣を指差した。

「何だ？」

「ここ、座っていて。」

僕は彼女の隣に座った。

「どうしたんだ？」

だが、柳は僕の言葉に返事も返さず、突然テーブルに突っ伏して、子供のように激しく泣き始めた。

初めて聞く柳の慟哭《どうこく》だった。

それからしばらく、柳は泣き続けた。

僕は黙って見ていた。

慰めの言葉もかけず、肩に手をかけることもせず、柳が泣き止むまで側に座っていた。

やがて、柳が泣き腫《は》らした眼を拭きながら顔を起こした。

「ごめんね。」


「あれからどうしていたのよ。」

柳が訊いた。

二〇〇四年に入って、興行ビザの切れたナターシャが、

「私、もうこれで日本には来ませんね。」

そう言い残して帰国した。

その直後、スナが借金で身動きできなくなった。軆を売ってもまだ足りなくて、追い込みをかけてきた高利貸しに一週間ほど町田のホテルに監禁された直後に、とうとう夜逃げして、行方不明になった。

僕は激しい空虚を感じた。

もう、僕をこの街に引き止めるものは何も残っていないのじゃないか、そう思った。

僕は誰にも告げず、五年馴染んだ歌舞伎町を棄て、風にまかせて各地をさすらい続けた。

早春の公園のベンチで震えるわが身を抱きしめながら夜を明かしたり、文無しになると駐車

場の隅っこにでも寝た。

またたく間に四年の歳月が流れた。

「私、結婚したの。」

柳が言った。

「結婚?」

「うん、三年前。

あなたがここを出た後だから、あなたの知らない日本人だよ。私にビザがないのが可哀想だって言ってくれてネ。」

そうか。不器用で、いつも一センチ遅れで幸せを取り逃がしてばかりだったこの女は、不幸なだけではなかったのだ。姉のつくった借金を返済するためだけの五年間ではなく、その中にも幸福があったのだ。

「でも、死んだの。

今年の五月。」

僕はまた言葉を失った。

「躰の弱い人じゃなかったんだけど、おかしいな、言って、病院に行って、それからすぐに死んだの。」

「そうか。

葬式を出したばかりか。」

「葬式にはネ、私、お客さん（弔問）で行ったのよ。

私たち、あの人の子供たちに言わずに、二人だけで籍を入れたから。」

「一緒に住まなかったのか。」

「私はずっと抜弁天の部屋のまま。」

人は、こんなとき、どんな言葉を発すればいいのだろう。

「なあ、柳。

お前、その人と幸せだったか？」

「うん。幸せだったよ。」

柳が答えた。

「よかったな、お前。

少しの間だけでも幸福で、本当によかったな。」

「うん。私、幸せだったよ。」

笑みか泣き顔かわかりかねる表情だった。


久しぶりの歌舞伎町の酒にしたたか酔って、いくつかの小路を散策し終わった深夜の三時過ぎ、僕は次のドアを開けた。

「お前、生きていたの？」

一人も客のいない店のカウンターでうたた寝をしていた黒い服の中年女が、驚きの声を発した。

順女《すんにょ》、というその女は、僕が歌舞伎町に入って間なしの頃、夜明けに鼠が走る店のソファを五ヶ月間も貸してくれた上に、毎晩朝まで呑ませてくれた女だ。

風の噂に、店を移転したと聞いていたが、今度は狭いが綺麗な店だった。鼠などは出そうもない。

「不景気でね、もう、私も駄目みたい。借金の利息も払えなくなった。」

順女が沈んだ声で言った。

「トイチか？」

「ううん、月イチ。」

「そうか…、」

金貸したちだけは相変わらず元気みたいだ。

百三十万円を借りて、毎月十三万円の利息、一年だと百五十六万円だ。今も昔も、異国から来た女たちに元金を返す余裕など歌舞伎町は与えてくれないのだろう。それに、米国発の不況は益々深刻になる一方だ。

「やくざの金でも借りるかなあ。」

「そんなのを借りたら死ぬぞ。スナだって、それで夜逃げしたじゃないか。」

「だって…、」

威勢のいい女だった以前からは想像もできない、途方に暮れたようなか細い声だった。

僕にとって、異国から来た女たちは、色と金に焼けただれた歌舞伎町を生きる〈戦友〉だった。皆、貧弱な肉体一つしか持ち合わせのない、仮に道端で行き倒れても誰からも見向きもされない卑小な存在だったが、自分なりの夢を抱きしめて生きていた。

頑張れば夢を実現できる日が来る。そう思わせる匂いがこの歌舞伎町にはあった。その魅力に引き寄せられて、大勢の男女がこの街に集まっていた。

あれから十年近い歳月が流れ、周囲にいたアジア系女性たちは皆、夢を実現させることもなく、黙してこの街から姿を消し、僕も、四年前にこの街を捨てた。

わずかに、柳とこの順女だけが、歌舞伎町から逃げることを潔しとせず、小さな店を砦《とりで》にして、歌舞伎町を生き抜いた。

だけど、それでも、二人とも幸せになんかなっていやしなかった。

あの、猫のような眼をしたスナは、今、どこの街で、どんな暮らしをしているのだろうか。今でもやっぱり、お金に追われて軀を売りながら生きているんだろうか。深い酔いの中で、そんなことを僕は考えた。

早朝五時、僕は新宿コマ劇場前に立った。

麻雀で喰っていた頃、文無しになって雀荘から追い出されると、ホームレスであふれるこの広場の立ち食い蕎麦《そば》屋で、安いかけ蕎麦に唐辛子をぶちこんで啜《すす》った。唐辛子の辛さで空腹感がまぎれるからだ。

人影はまばらだった。呼び込みどころか、ホームレスたちの姿が、全く消えてなくなっていた。彼らご愛用の段ボールベッドもない。

何だ?これは。

深夜、ネオンの下で酔客も引き込んで花札に興じていた、自堕落で陽気な彼らは何処《どこ》に行ったのか。

蕎麦屋の主人にそれを尋ねると、段ボールベッドは東京都によって強制撤収され、ホームレスたちは収容施設に入ったのだ、と教えてくれた。

「慎太郎の望みどおり、歌舞伎町は健全な街になったたってわけさ。」

少し投げやりな言い方が、淋しかった。もうこの広場で夜明かしをする人間はいなくなったのか…。僕はJR新宿駅へと向かった。

今でも生命力旺盛なのは高利貸と中国エステの呼び込み女たちだけだ。一人お客を引いて千円のビジネスに懸命になっている。

「お兄さん。マッサージどう? 気持ちいいよ。三千円だけだから、行こうよ。」

次から次と声をかけてきた。

そんな中国女たちのしつこい誘いを振り切って着いたJR新宿駅もまた、人影がやけに少なかった。

しかも、電車を待っているのは若者たちばかりだった。大人の姿なんかありゃしない。

そうか、歌舞伎町はもうガキの街になったのだな。僕は納得した。

僕の歌舞伎町は消えたのだ。

自分にそう言い聞かせて、未明のホームで電車を待っている無気力な表情の青年たちを眺めながら、しかし、突然、僕の中で、激しい感情が湧き上がった。

「馬鹿野郎。

ここは、お前たちみたいな子供の来る街じゃないんだよ。この街には、本当の女たちの血が流れているんだ。」

心がそう叫んだその時、確かに僕は、歌舞伎町を駆け抜けていった大勢の女たちを、懐かしく思い返していた。

〈歌舞伎町の女〉のこと……………………五月九日

わざわざ解説する必要もないとは思うが、昨日掲載した『僕が愛した歌舞伎町（二）』で、「柳」という名で登場する女が、僕の日記の〈歌舞伎町の女〉だ。

あんな女だ。

昨秋、僕が、四年ぶりに女の店を訪ねたとき、女はチマチョゴリを着ていた。隣に座ると、下半身がやけにでかい。

「何だ、その体形は。ババアになると、そんなに太るものかい。」

僕はそんな悪態をついた。

女は、ただ微笑みを返すだけだった。

実はその時、臨月間近の〈歌舞伎町の女〉は、腹の膨らみを隠すために、チマチョゴリを着て懸命に働いていたのだ、と知ったのは、御徒町駅で、女の引くベビーカーを見たときだった。気づかないとはいえ、済まない言葉を吐いたな、心で詫びた。

女が、先日、こんなことを言っていた。

「私、姉さんの借金を返し終わったとき、子供が欲しくなったの。

小さいときにお父さんを亡くして、お兄さんは子供のときから滅茶苦茶ばかりする人で、お母さんを困らせた。警察にお兄さんを引き取りに行くなんて、何度もしたわ。家がネ、ちっとも幸せじゃなかった。

だから、あの人の子供が欲しくて、店をやめたのよ。ずっと店をやっていたわけじゃないの。前の店をやめてから三ヶ月して、人から話があって、今の店を始めたの。

やっと子供ができて、嬉しかった。明日一緒に病院に行こう、って話して、あの人が自分の家に帰った。そしたら、次の日に、あの人の子供から電話があってね、死にました、って言うの。悩んだわ。産まれてきたって、もう、お父さんいないしね。

だけど、私、産もうと思ったの。私、貧乏も苦労するのも慣れているから、子供がいれば何でも我慢できる。あの人がいなくなっても、産んで育てよう。そう決めたのよ。」

こんないい〈女性〉を、色気の対象として見るほどには、世川行介は落ちぶれていない。

太宰のあの言葉……………………………………五月十日

〈歌舞伎町の女〉からテープレコーダーを借りていた。そのとき一本のカセットテープも、

「もう私は使わないから」、と、一緒にもらった。

昨夜遅くなって、カセットテープを巻き戻し、録音の確認を始めた。

突然、

「おい。こらっ。」

男の威嚇的な声が流れてきた。

(何だ?)

どうも、僕は、テープを反対に巻き戻したらしい。

続いて、〈歌舞伎町の女〉の声が聞こえてきた。

(ふむ。S氏に渡してもいい内容のテープなのかな?)

僕は、テープの会話を聞き続けた。

しばらく聴いて、何の録音か、理解できた。〈歌舞伎町の女〉の姉の借金を取りに来た取立て屋(その実態は、強面の人たちだ)との交渉の様子を、女が、バッグか何かに、このテープレコーダーを隠して、録音しているのだ。この頃、まだ女は三十五~六歳のはずだ。

八百万円だか七百万円だかのお金を、借り主の妹である〈歌舞伎町の女〉から取ろうとする

男の、口調は柔らかだが、その奥に必死さを潜ませた科白《せりふ》が次々と流れ、まるで、僕までその現場にいるかのような錯覚におちいった。

「弁護士を頼みましたから、弁護士に任せます。」

という女のたどたどしい日本言葉に、

「いや、弁護士もいいけどよ…、」

弁護士によるオープンな交渉をやめさせようと、硬軟使い分けた口調で男が必死で迫っていた。

あっという間に二十分ほどが過ぎた。取立て屋は、実に様々な言辞で、女に七百万円だか八百万円だかのお金を払わせようと迫り、その度に、女は、

「それはしません。弁護士に任せます。」

と拒絶した。

僕も、米屋のとき、スナの借金のとき、この手の男たちに迫られた経験が何度かあった。五十歳の僕でも、彼らのバックの存在をちらつかされると、正直言って、怖かった。

(こいつ、どんなに怖かったんだろうな。)

そう思った。

僕は、畳に寝っ転がり、天井を見つめながら、会話を聞き続けた。

女の大声が聞こえた。

「死にたくないですよ！

私は、歌舞伎町で、人との約束守って、一生懸命生きてきました。歌舞伎町で生きたいですよ。ずっと歌舞伎町で生きたいですよ。まだ、死にたくないですよ。だけど、このお金は払いません。」

突然、天井がぼやけて、見えなくなった。

「まだ、死にたくないですよ。ずっと歌舞伎町で生きたいですよ！」

女の悲愴《ひそう》な声だけが、僕の心の中で谺《こだま》した。


僕の中に、ある光景が蘇った。

強面の男たちに十時間ほど軟禁されたときだった。正座させられ、僕は、十数本の爪楊枝《つまようじ》を口に含ませられ、「これを噛《か》め」、と言われた。

僕は、それを噛んだ。あっという間に、口中血だらけになった。それでも、誰も、もうやめろとは言わない。僕は噛み続けた。

「お前は変なやつだな。

済みませんでしたって土下座すれば、許してもらえるんだぞ。土下座しろよ。」

若い衆の一人が僕に言った。

僕は答えた。

「土下座はしない。

一回土下座したら、それで僕の人生は終わりだ。一生土下座し続けて生きるようになる。悪いけど、土下座だけはしない。」

僕は爪楊枝を噛み続けた。口の中に血の味が充満した。

人は、屈してはいけない瞬間がある。屈したら、その瞬間に残りの人生が意味を失ってしまう瞬間がある。そんな瞬間に屈した友人を、僕は、何人も見てきた。

テープが切れた。部屋に静寂が戻った。

その頃、僕はまだ歌舞伎町にいたはずだが、女は、そんな話を一度も僕に聞かせたことはなかった。死んだ主人という男性も、この時分は女の側にいなかったはずだ。つまり、女は、わずか三十五～六歳の若い身で、たった独りきりで、修羅の中で格闘していたのだ。

生きるという大偉業――。

太宰治のあの言葉を思い出した。

シクロ!……………………………………五月二十四日

絶食状態に入って約四十六時間が近づいた頃、電話があった。

「どこにいるの?」

「部屋。」

「頼みたいことがあるの。九時にマックで会いましょ。」

「ああ、そうするか。」

はい。断食修行、おしまい。久しぶりに歌舞伎町に出た。

四十六時間ぶりにチーズバーガー百二十円を頬張った。チーズバーガーって、こんなに美味しいものだったのか。

なにをカマトト。上野難民のときは、毎日それが主食だったでしょ。

非常にいいムードでの朝食会だった。

が、ところがどっこい。

「今月の家賃大丈夫?」

「ああ。何とかする。」

「(女が持っているキャッシュカードで)見たら五千円入っていたわ。無駄使いしてないわね。」

「うん。あれは下ろして使った。」

……。

おーい。

B29の東京襲撃だぞー。

八年ぶりの無差別爆弾だぞー。

「なぜ、もっとしっかりしないのよ!」

「これからはきちんと生きるって約束したでしょ!」

「働かずに人の金で生きるって、本当に情けない人ね!」

「お金もないのにマージャンなんかして！」

「私が心配しているのに、電話にも出てこないで！」

「二日も何も食べてないなんて、嘘ばっかり言って！」

「あなたに騙《だま》されて、嘘をつかれていると、腹が立つでしょ！」

「そんないい加減ばかりしていたら、今にきっと、皆あなたから逃げていくわ！」

「あのな…、」

落ち着いておくれよ、と言おうとして、女を見た。

女の唇が動いた。

あっ、出た。

「シクロ！」

もう駄目だ。

OH！　久々の「シクロ！」

僕は、この韓国語を、八年前、この女から教えられたのであった。

「あのな…、」

「シクロ！」

「だからね…、」

「シクロ！」

「いや、だから、僕の話も聞いて…、」

「シクロ！」

シクロ（韓国語の、黙れ！、ネ）の前に、正常な会話は成立しない。

（ふーむ。）

フム。

フー。

焼夷弾と原爆が全部落下するまで、世川さんは、しおらしく頭《こうべ》を垂《た》れ続けましたとさ。

（今日のこの激しい怒り。いったい、背景には、何があったのかな？）

と考えながら、

「いや、僕も。部屋が出来てから、気がゆるみ過ぎていたよ。反省するよ。ごめん。」

「あなたの部屋代まで私が出すのは、今の私は大変なんだから、少しは、考えて、自分で何とかしてよ。」

あれから八年。世川さんも、少しはこの女の心理パターンがわかっているので、女が語り始めるまで、辛抱強く待ちましたとさ。

「何があったんだ？」

「お金を貸してあげていた女が、韓国に帰ったまま、帰ってこないの。」

「たくさんか？」

「すごくたくさん。

もう、店をやるのも嫌になってきた。みんな、私一人に甘えて、最後には私を裏切って…。

韓国まで追っかけていって、殴ってやりたい。」

そうか、今日の爆弾の背景は、これか。

しかし、なんだな。これって、八年前とまったく一緒じゃないか。僕って、そんなに、怒りのはけ口に似合う男なのかしらねえ。

それから、すぐ、女の機嫌は元に戻って、僕は女の相談事を聞いて、明日までの処理を約束して、僕たちは外に出た。

一分もしないうちに、雷が鳴り、大雨が振り出した。

「走ろう！」

途中で、道端に捨てられていた傘があって、女がそれを拾うと、僕の部屋の前まで相合傘をした。

「明日、ガスボンベあげるからね。」

いつもどおりの優しい言葉であった。

「おやすみ。」

激しい雷の音を聞いて、自分の雷が恥ずかしくなったのかな？

いや。そんなことだけは絶対にない女だな。

「私、いつも正義です！」

だもんね。

よく、あんな恐ろしい女と所帯を持った男がいたもんだ。

マージャン打ちの末路……………………五月二十七日

昨日、夕方の靖国通りを歩いていたら、

「世川さんじゃないの？」

声をかけられた。

「？」

振り返ると、実に懐かしい顔がそこにあった。

歌舞伎町に流れる直前、僕は小平市に半年ほど住み、マージャンに明け暮れていた。その店のオーナーというのが、実にマージャンの達者な男で、よく教わった。声をかけた彼は、そのときのマージャン屋の店員だったが、なかなか堅くていいマージャンを打つ人だった、「久しぶりだね。マックでも行こうか。」

そんな関係はありふれているが、僕がその彼を忘れがたいのは、北陸をさすらっていたとき、新潟のマージャン屋で、ばったり彼に出会ったことがあったからだった。

豪雪で周囲真っ白の一月だった。東京のマージャン打ちが、真冬の新潟の田舎町で偶然出会う。

「あら、こんな土地で。」

二人で顔を見合わせた。

ゲームが終わった後、貧乏な流れ者のマージャン打ち同士、安い酒を飲んで別れたのが、もう三年近く前だった。

「いつ東京に？」

「あなたこそ、いつ？」

「もう、貧乏になって、高いレートのマージャンが打てなくなった。すぐそこの安いマージャン屋に行っているんだ。

でも、安いマージャンでも、負ける時は一～二万円すぐやられるからなあ。」

彼はそんなことをぼやいた。

「じゃあ、今は新宿？」

「いや、横浜。新宿にはマージャンを打ちに来るだけ。」

「働いてないの？」

「ああ。姉のところに居《い》候《そうろう》だ。」

「そうなんだ。」

「もう、歳だなあ。勘が鈍って、勝てなくなったよ。」

「あの店、どうなったの？」

小平のマージャン店のそれからを訊いた。

「マスター、人が好《い》いから、みんなによってたかって喰われて、店を潰したよ。」

そうか、彼も駄目だったか。

「私は、十五歳からマージャンだけで生きて、その儲けでこのマージャン屋をつくったんだ。」

誇らしげに語っていたマスターの顔を思い出した。

僕を含め、ちんけなマージャン打ちがそこいらに溢れていた時代だった。レートは、実質、今の三倍くらいの時代だった。ちょっと頑張れば、一晩に四~五万円懐に入った。

自分の技量だけを信じ、ありったけの金を抱えてマージャン屋の椅子に座り、数時間を燃焼させた。根が赤の他人同士の金の取りっこだ。相手三人をやっつけなければ、こちらがやられる。みんな必死だった。何でもやった。

ある時、僕の右隣の男が、僕の捨てた牌で、

「ロン(当たり)。」

と言った。

澄まし顔だ。

僕は、最初からその男を窺っていたから、言ってやった。

「何がロンだ。多牌《ターハイ》(牌を一枚余分に持つこと)でロンができるのかよ。」

僕の言葉に、みんなギョッとした表情になったが、一番驚いたのはその男だった。僕にずっと見られていたのを知らなかったらしい。

「右手を開いてみせろよ。」

店員があわてて駆けつけてきて、その男の右手を開かせた。

彼の右手から、ポトリ、牌が一枚落ちてきた。

男は店からつまみ出されたが、普通なら、その場で半殺し（誇張ではなく）の場面だ。

そんなことはしょっちゅうだった。金融マンがマネーゲームで十億円二十億円を動かすと同じ重さで、たったの五千円六千円に自分の全存在をかけるマージャン打ちたちがいた。

いい時代だった。

「今頃の若いやつら、滅茶苦茶打つから、もう、やりにくくて。」

彼がぼやく、「場所代に喰われてお金が稼げない。今日も、姉から、三万円やるからもう帰ってくるな、って言われてね。」

「……。」

「世川さん。居候させてよ。」

「それは無理だな。」

僕は断った。

「駄目？」

「ああ。今、僕は、独りじゃない。女と暮らしているんだ。」

もちろん、それは嘘っぱちだ。

「そうか、女と一緒か…。」

「これからどうするの？」

「三万円がなくなるまで打ち続けるさ。なくなったら考える。」

「……。」

それで別れた。

帰り道、あの頃のマージャン打ちたちは、みんな、今、どうして生きているのだろう。

そんなことを考えた。

もう、誰も彼も、六十歳はとっくに過ぎているはずだ。勝負にも人生にも、敗けて敗けて敗け続けて、それでも、次の勝負を求めて場末《ばすえ》の店を渡り歩いているのだろうか。

だが、それでもいいのだ。それもまた、男の誇らしい生き方だ。敗北が勲章であることだってこの世にはある。

奇妙に、彼らが、懐かしかった。

強い女は大嫌いだ！……………………………五月二十八日

この部屋に暮らすようになって、何よりもありがたいのは、腰を落ち着けて日記が書ける、ということだ。これまでは、時間と手持金とのせめぎあいの中で、要点だけの乱雑な駆け足文章を書いていた。

今の僕は、この日記書きを、「仕事」だ、と思っている。一ヶ月に何万円かの購読料だが、何十万円もらうのも何万円もらうのも、僕にとっては価値は一緒だから、有料読者に満足してもらえる文章を書こう、と決意してきた。そういう意味では、この部屋とパソコンは、実にありがたい。先日、高橋和巳と深作欣二に対する雑感を書いたが、これからは、これまでの人生で感化を受けた文学者の雑感を少しずつ書き残したい、と考えている。

昨日、午後、〈歌舞伎町の女〉から電話があった。

「入管に行った帰りなの。」

明るい声だった。

どうやら、昨日書いて渡した役所文書の効果があったみたいだ。よかった。

「さっきATMに行ったら、あなたの口座にまたお金が入っていたわ。」

「そうか?」

「うん、ウン千円。私がみんな下ろしたからね。これで今月分の家賃は全部終わったよ。」

「そうか。」

また誰かが送金してくれているらしい。助かった。

「全部下ろしたけど、お金がなかったら言ってよ。貸してあげるから。」

何とも優しいではないか。

「約束守ってくれて、ありがとうね。」

どうやら、信用が戻った様子だ。ホッとした。

「あのネ。」

「なんだ?」

「もう、これからは、あなたはATMに行かなくていいから。」

「……、何で？」

「どうせ、お金を持つと、滅茶苦茶使ってしまう人なんだから、これからは、私が全部下ろして、預かっておいてあげる。お金がなくなったら、私に言いなさいよ。あげるから。」

「…、あ、あ、あのナ、」

それは、確かに、お前の貯金通帳を使わせてもらっているから、暗証番号もお前の決めたものだから、キャッシュカードはお前が持っているから…、でも、僕は強いお前の弱い亭主なんかじゃない！

それなのに、

「通帳も、もう、私に返しなさいよ。今度会うときに持ってきて。」

「お前…、あのナ、」

「わかった？

これからは、お金が欲しくなったら、私に電話してよ。じゃあね。」

新宿にも、濃い〈統制〉の匂いが漂い始めた。〈自由〉を何よりも愛してきた僕にとっては、実に息苦しい時代になっていく。

嘆かわしい限りだ。

初夏の感傷 ……………………………………… 六月十三日

初夏だ。

この四年間、そんなことは、現実には、一度もなかったけれど、夏の匂いを感じると、誰か、格別な女と出逢って暮らし始めるのではないか、そんな感じに襲われる。

十年間、女と暮らし始めるのは、決まって夏だった。松江、千葉、下丸子、小平、歌舞伎町…、何人もの女と一緒に住んだ。だから、夏は、女の記憶で溢れている。部屋に寝っ転がりながら、そんないくつかを、懐かしく思い出した。

誰一人幸せにしてやることができなかったが、みんな、今頃、どうしているのだろう。奇妙に、過ぎたあの十年が懐かしい今日だった。銭湯の帰りに、夕べの風を肌に感じながら、今は過ぎた季節への郷愁を抱きしめた。

この東新宿は、日本語の「下町」ではなく、ダウンタウンと呼ぶのがふさわしい町だ。無数の古ぼけた家屋。入り乱れた細路地。その中に、突然変異のような新築マンション。十五年前に流れていた大田区の町と、町のたたずまいがよく似ている。この郷愁はそのせいだろうか。

「あなた。

夢はまだなんでしょ?

そんなところで、何を道草食っているのよ。」

そこいらの路地から、そんな叱り声が聞こえてきた、ような気がした。

そうだな。

まだまだ、だ。

フラフラ……………………………………六月十五日

とうとう、躰がフラフラしてきた。薬の効果がすっかり切れたようだ。

久しぶりに感じる〈浮遊状態〉だ。動悸《どうき》も激しくなってきた。まいった。

電車賃くらいは何とかある。今からY市まで行ってくる。また、張邦光《ちょうほうこう》先生の情けにすがって来よう。

しかし、この病いを抱えて無保険というのは、どうもいけない。Y市の市役所にも行ってこよう。

どうか、Y市にたどり着くまでに、血管が切れたりしませんように。

降圧剤顛末記

六月十七日

何から書けばいいのか。とにかく、ひどく疲れた二〜三日だった。

昨日は、とうとう、Y市には行けなかった。上野まで行ったが、京成上野駅構内で、待つこと二時間、ATMにパトロンたちからの入金がなく、Y市に行っても上野に帰れなくなるので、東新宿に引き返し、終日、ただひたすら、不安を抱きしめながら、眠った。

静岡の袴田さんが、「済みませんね。助けてあげられなくて」、と恐縮がる。

優しい人である彼は、数ヶ月前のY市のネットカフェ脱出のときに、僕のために、無理をして脱出金数万円を作ってくれて、奥さんに財布を取り上げられる身となった。そんな彼にこれ以上のお願いなんてできない。

「貴方にお金を頼む気は、もう全然ないよ。

大丈夫。僕はしぶといから、何とか切り抜ける。」

「そうですね。世川さんはしぶといから。」

そうは言ったものの、どうにもならない。

しばらく連絡を取っていなかった次姉に頼もうかと電話したが、向こうの電源が入ってなかった。あきらめた。

しんどくて、日記を書く気にも、人と話す気にもならない。眠るのが一番、と、明かりを消して横たわったが、やたら不安で、ウトウト、ウトウト。今朝も早くから眼が覚めた。

新潟の長谷川均《ひとし》さんに頼みこんで、ゆうちょのＡＴＭにお金を取りに行ったら、林万象《まんぞう》さんがまた購読料を送ってくれていた。これだけあれば、少しくらいの薬ならもらえるだろう。Ｙ市に向かった。

もう、フラフラなんてもんじゃない。本当の浮遊状態。ボワーッとして、思考が集中できない。地面から一センチ浮いた場所を歩いているような感じだ。

病院の前から、〈歌舞伎町の女〉に電話した。

「あのな。薬を買うお金が足りないんだ。一万円だけ、貯金通帳に入れてくれない？　二～三日以内に、必ず返すから。」

「あなた！　私が、みんなに騙されてお金に困っているのを知っていて、そんなことを頼むの?!」

怒鳴り声。しかし、まあ、そこまでは予想がついた。

「わかっているよ。わかっている。本当にわかっている。だけど、今の僕には、お前しか頼む相手がいないんだよ。」

「頭にきた。本当に頭にきた。」

「そう言わずに頼むよ。頼む！」

「……、」

しばしの沈黙の後、押し殺した声で、「わかりました。」

ウン?

わかりました?

何ともしおらしい言葉ではないか。

三十分後、電話が鳴った。

「今、お金を入れておいたからね。」

「ありがとう。」

「その代わり、一万五千円返してよ。」

「ウッ?」

「一万五千円だよ。いい?」

お前。いくら何でも、それは暴利ではないか、と言おうと思ったが、しゃべる元気もない。

「わかったよ。一万五千円、な。」

「約束破ったら、もう、優しくしてあげないからね。」

何で、女という種族は、どいつもこいつも、僕に向かうと、口から出まかせみたいな好き勝手を言うのだろう。三日で五割の利息なんて、悪徳高利貸し以上ではないか。

これが、いい男だと、

「いいわよ。いいわよ。それくらいの金、気にしないで。お金のあるときに返してくれればいいから」、になる。

世の中、理不尽だ。

「世川さん。あなた、しんどかったでしょ。」

張邦光先生が、血圧を測りながら訊いた。

「もちろん。もう、怖くなって、先生のところに飛んできました。」

僕の血圧ときたら、すごい元気だ。上は一九〇、下は一二〇にまで上昇していた。毎日二錠だったのに、この四日間で一錠だけ。そうなるのも当たり前か。

「あと一日薬を飲まなかったら、また二〇〇超えてたね。

まあ、すぐに死にはしないだろうけど、かなりしんどくなっていたね。」

「先生。あのー、ですね。」

「ああ、わかっています。お金は、いつでもいいですよ。気にしないで。

それより、頑張っていい本を書いて下さいよ。」

僕は、四年前、パソコンに向かいすぎたせいで、前立腺炎になった。それはずっと続いていて、最近は、両足のつけ根が痛くてたまらない。

「それを先に治しましょう。

本当は、あなたは、尿酸値を下げる薬も飲まなくちゃいけないんだが、三種類もの薬を飲むってのは、ちょっとね。痛風予防は前立腺を治してからにしましょう。」

内緒の話だが、僕はこの四年間、どんな女性を見ても、この女を抱きたい！と思ったことがない。全然性欲というものがなくなった。

実は、それは、この前立腺炎のせいだ。愛情はネ、心よりも、健康に左右されるのだよ。愛情って、つまんないものだろう？

それにしても、張先生は実に優しい。僕は、この二年間、張先生のおかげで何度か生命を救われている。これだけは間違いない。ただ、看護士たちは、またか、って表情で僕を見ていたが。薬局に向かった。薬の総額は千四百円。また、文無し。

正直言って、昨日今日は、久しぶりの浮遊状態で、ちょっと怖かった。二年前は救急車で運ばれた。今日も、もう、救急車を呼ぼうか、と考えたが、それもみっともないので、Y市まで行ったが、行くのもつらかったな。

夕方、夜七時、上野にたどり着いた。やっと薬を飲んだのだけど、妙な疲労感があり、そのまま部屋に帰るのが、怖かった。上野のサウナに行って、三時間九百四十五円のコースで、休んだ。

こんな生活、いつまで続くのだろう？

二週間ぶりに〈歌舞伎町の女〉と会った……………六月十九日

昼過ぎに電話があった。

「ご飯食べたの？」

「いや。まだだ。」

「中華弁当、食べる?」

「ああ、もらおうか。ありがとうな。」

「店にいるから、取りに来てよ。」

本当は、その直前に、僕は軽い食事を済ませていた。そう言えばいいのに、それが言えない性格なんだよなあ。歌舞伎町二丁目に向かった。満腹感よ霧散せよ!と願いながら。

一ヶ月ぶりに、〈歌舞伎町の女〉の店を覗いた。赤ん坊を背負った四十女が、洗い物をしながら待っていた。

「私は、五千円利息をくれって言っているんじゃないのよ。

家賃のお金を、今から貯めておかないと、オッパが月末に困るでしょう? だから、ネ。」

そんなこと、あらためて言わなくても、わかっているよ。何年間つき合っていると思っているんだ。

「酒がなくなって困っているんだよ。安い焼酎でもあったら、くれないかな。」

そう甘えると、カウンターの後ろの棚から、封の切ってない高そうな大吟醸《だいぎんじょう》酒を持ってきて、

「これ、呑んで。」

基本的には、本当に、優しい女だ。これで、少しばかりでいいから、ジョークやユーモアが理解できれば、「いい女」なんだがなあ…。

ここじゃ嫌！……………………六月二十五日

そこかしこ、夏の匂いだ。

クーラーのない部屋の午後は暑く、半日、汗をかきながら過ごした。今から銭湯だ。

昨夜は、S記者氏と別れた後、昔、僕を五ヶ月も店に寝泊りさせてくれた、順女《すんにょ》という中年韓国女に電話して、歌舞伎町二丁目にある彼女の店を覗いた。

客はいなかった。帰り支度をしていた。

「亭主が八王子の店を潰して、私の家に帰ってきたんだよ。

一緒に暮らすのは嫌だから、私が家を出たの。

半年間、サウナで暮らした。いまは、娘と一緒に、アパートを借りて住んでるんだよ。」

「襲ってくるのか？」

「うん。あんたと一緒だ。」

ムムッ。

僕は、六年ほど前、自分では全然記憶がない（本当にない！）のだが、泥酔して、この女を襲ったことがあるのだという。

その店の若い女が、

「昨夜、世川さん、酔っぱらって、滅茶苦茶だったんだから。

ママを襲って、ソファに押し倒して、やめてよって止めても言うこと聞かなかったんだよ。」

「嘘をつけ。

お前じゃなくてあの女にだろう？　僕がそんな馬鹿なことするわけがないじゃないか。」

「私も信じられなかった。だから驚いたのよ。

だけど、本当の話よ。ママが、ここじゃ嫌！って言って、やっとやめたんだから。」

「おい。本当かよ。」

と女に視線を移すと、

「馬鹿が。人前で私を襲っておいて、覚えていないなんて、よく言うよ。」

しかし、それを聞いていた客たちが、

「ふーん。ここじゃ嫌、か。

なるほどね。」

ということで、僕は、この順女と何かある、と思われるようになった。それから順女は、僕に惚《ほ》れられている、と誤解するようになった。酔って前後不覚になっていたとはいえ、つまらないことをしたものである。

「(亭主から)逃げるのに大変なんだよ。

私の後をつけまわして、私が男とホテルに入るのを見たって騒ぐし。」

「未練があるんだな。」

「私は嫌だよ。」

「何処に住んでいるんだ？」

「東新宿×丁目。」

なんと、僕と同じ町だった。

「じゃあ、一緒に帰るか」、二人で職安通りを歩いた。この女と並んで歩くなんて、十年ぶりのことだ。

僕のアパートの六軒隣にある居酒屋が知り合いの店だ、と言う。

「安いか？」

「安いよ。」

二人で入った。

そんな店で一緒に呑んで昔話をしていると、遠く過ぎた歌舞伎町の日々が思い出されて、もう会うこともない韓国女たちの顔が蘇り、甘酸っぱく、懐かしかった。

午前一時半、「いまは店だけでやっていけないから、朝の七時からアルバイトをしてるんだよ」、そう笑いながら、順女は独りで帰っていった。

懐かしい匂いのする女……………………六月三十日

昨夜、通りを歩いていると、女と出会った。先日順女に連れていかれた居酒屋のママだ。

「おいでよ。呑もう。」

「今日は貧乏で、二千円しかお金がないよ」、と断ると、「お金なんかどうでもいいでしょ。呑もう。」

歌舞伎町で長く韓国クラブのママをやっていたこの女は、十年前歌舞伎町にいた韓国女たちを、よく知っていた。共通の知人の消息を聞いて、呑み続けた。

次から次へと料理を運んでくる。

「僕、今日は本当にお金がないんだよ。」

「いいから、いいから。みんな、サービス。遠慮せずに食べてよ。」

お客が二人いたが、途中から消えた。

店の若い娘も、午前二時に帰っていった、「ママのこと、お願いします。」

二人きりになって、しばらくして、酔った女が泣き出した。

「どの男も、みんな、私にお金さえ渡せば、それで私が喜ぶだろう、と思っていた。みんな、私のところに来ると、はい十万、二十万、って置いて帰った。だけど、私が欲しかったのは、お金じゃなかったんだよ。私が欲しかったのは、お金なんかじゃなくて、心だったのに。優しい言葉だったのに。」

僕は、黙って聞いていた。

これは、十年前の歌舞伎町の光景だな。そう思った。

あの頃、僕の周囲は、いつも、こんな光景ばかりだった。僕は、あの光景が愛しくてたまらず、それにこだわって、あれから六年を生きてきた。

あの街にいた愛しい女たちは、みんな消えた。この女は、十年前の歌舞伎町の匂いを、いまだに放っている数少ない女なんだな、と思った。

まだ、出逢って二度目の女なのに、古くからの馴染《なじ》みと呑んでいるような気になって、女の涙と昔話に、黙ってつきあった。

呑んだ。浴びるほど呑んだ。

「もう一軒行こう!」

自分の店を出て、近くのスタンドバーに連れて行かれて、また呑んだ。

女のマンションの前で別れて、部屋に帰ったのは五時前だった。久しぶりの「歌舞伎町世界」だった。

二台の映らないテレビ……………………七月五日

午後二時ごろ、電話が鳴った。〈六軒隣の女〉からだった。

「どこにいるの?」

「部屋。」

「手伝って。私の部屋に来て。」

出かけた。

薄い夏着で、玄関の掃除をしていた。化粧もしていない。

「コーヒーを入れるから、部屋で待ってなさい。」

初めて、女の部屋に入った。

そのうちに、十一歳の娘が帰ってきた、「ああ、昨夜のおじちゃんか。」

美しい母親が自慢の娘は、女の若い日のアルバムを持ってきて、僕に見せ始めた。結婚式の写真、子供が生まれた頃の夫婦の写真、「ママ、きれいでしょ?」

確かに、美人だ。これでは、大勢の男が言い寄ったのも当たり前だな、と思った。今は姥桜《うばざくら》だが。

作文が好きだと言う娘が、作文を見せてくれた。「私がアルバムを好きなのは、家族全員の写真があるからです」と書かれていて、十一歳の少女の哀しみと接したような気がした。

「そこにテレビがあるでしょ。」

「ああ。」

「それ、どこかに捨てて。」

それが、あんたにあげるから使って、という意味であることは、すぐに理解できた。

ふーむ。テレビ、ね。

僕の部屋には、いま、映らないテレビが一台ある。〈歌舞伎町の女〉がくれた古いテレビだ。

だが、僕の部屋だけアンテナ線がないので、一度も見たことがない。

どこかに捨ててよ、と言われると、僕の部屋にもある、とは言えない。「じゃあ、持って行くよ」、と答えた。

娘が、牛乳を買いに出かけた。目の前で、女が部屋の片づけを始めた。

ところが、女が、僕に近づいて話しかけると、五十女の、ブラジャーをつけていない垂れた胸が、モロ見え。腰をかがめると、薄地の白いパンツに、艶めかしい色の下着が映る。

「あれっ？　これ、どこかで見た風景だ」、古い記憶が蘇ってきた。

おお、懐かしの東村山。懐かしのあの女！

しかも、この〈六軒隣の女〉は、あの女を知っている。この女の妹分だった。僕と女とのことも知っている、「何だ。あんたもあの女とやったのか。誰とでも寝る女だったからねえ。」

あのね、そういう不潔な言い方は、他の男の女関係のときだけに使ってくれないかなあ。

そんなこんなで、いかん、いかん。絶対にいかん！「じゃあ、このテレビ持って行くわ」、僕は、あわてて立ち上がり、テレビを抱えて、女の部屋を出たのだった。

「後で店から電話するから、食事においで」、背中で、声がした。僕は、テレビを部屋に運んだ。

薬が全部買えなくて、前立腺が治っていなくて、本当に、よかった。そう感謝したのであった。

それから、タバコをふかしながら、映らない二台のテレビを、交互に眺めた。

映らない二台のテレビか――。

あっという間に、タバコが二本消えた。

フー。

四時半、また電話があった。

「ビビンバ、食べる?」

「ああ。」

「すぐに店に来て。」

店までの道を歩きながら、これじゃ、すぐに、この界隈で噂になるな。と思った。

やきもち焼きの日本の男たちは、まだいい。しかし、もしも、あの女の店から出たところを、すぐ近くに住む〈歌舞伎町の女〉と、ばったり出会ったら…。

これは…、これは…。

ひょっとしたら、僕は、いま、とんでもない地雷地帯を歩いているのではないのだろうか?

そんな不安が、僕の心をよぎった。

店に入った。

「もうすぐ娘が来るから、三人でビビンバ食べよう。」

五時半。娘でなくて、ヤクザ(長年の勘ですぐにわかった)が入ってきた。

ヤクザか。ふーむ。

「オッパ。お客さんにビール出してあげて。」

うん?

放って帰れもしない。僕は、年若い小指のない人に、笑顔を振りまきながらビールを運びました とさ。

やがて、ヤクザは帰っていった
「指のない人で、可哀想だったから、まけてやったよ。」
ああ、君も知っていたんだね。
七時半。お客が入ってきたので、僕は店を出た。
キョロキョロ。キョロキョロキョロ。
ホッ。
通りを、〈歌舞伎町の女〉は、歩いていなかった。

最後通牒《つうちょう》…………………………………………七月十六日

とうとう、〈歌舞伎町の女〉が怒りを爆発させ、

「今週中に連絡のない場合は、部屋を解約するよ。」

留守電で通告してきた。

払えないまま、連絡しないいまま、半月だ。仕方あるまい。また、流れの生活に戻るか。

みんなが、

「お前に似合うのは〈四駅先の女〉だけだ。

あいつは今でもお前を待っている。電話してやれよ。」

さかんに言う。僕の電話から、女に電話した。

「着信拒否」、であった。

そうか。あれから三月か。まあ、これも当たり前だよな。

一人の姥桜を得るためには、何人もの天使を失わねばならない。

そう言えば、〈四十歳〉って、今頃、どこにいるのだろう?

僕が馬鹿なのは、着信拒否を講じた〈四駅先の女〉の怒りを考えるよりも、あいつの部屋に預けてある新潮文庫の『人間失格』の文庫本が返してもらえるかどうか、を心配したことだった。本当に、どうしようもない男だ。

T君から、電話があった。

「お前は、本当に馬鹿な日記を書いている。あんな日記を書いたら、誰もお金なんか送りたくなくなる。ヒモみたい、じゃなくて、ヒモそのものじゃないか。馬鹿たれ。」

静岡の袴田さんが、

「そうです。Tさんの言うとおりですよ。誰がお金なんか送るか、女に喰わせてもらえよ、ってとこですね。」

鬼の首でもとったかのように、嬉しそうであった。

かつては、奥方の怒りをかわしながら、僕を支援してくれた、天使にも似た袴田さんであったが、日々の移ろいの中で、人はこんなにも変わっていくのだ、ネ。

未明に部屋に帰り、あまりにも暑いので、窓を少し開けて眠った。
得体の知れない物音で、眼が覚めた。
窓が全開になっている。
異常な気配を感じ、寝ぼけ眼《まなこ》で窓の外を見た。
目の前に人の姿があった。
「えっ⁈」
何やらわからず、思わず叫び、眼鏡をつけた。
鬼のような形相で僕を睨んでいる女がいた。
〈歌舞伎町の女〉だった。
「馬鹿！」
あわてて、外に飛び出た。
「他にも心配事をたくさん抱えているのに、いい加減にしてよ。
七月に入ってから、私がどんなだったか！」
そこまで言うと、また黙って、僕を睨みつけた。
返す言葉なんかあるものか。
「もう、解約してもいいぞ。」
と答えた。

朝八時半に大家を起こし、

「火曜日までにこの人が私が立て替えた家賃を払わなかったら、部屋を解約しますから。」

と宣言していた。

腹に据《す》えかねているのが、痛いほどよくわかった。

今日は、覚悟していた。もう、逃げるつもりもなかった。女の思いやりを裏切ったのは僕だ。

何の言い訳が通用しよう。火曜日になったからといってお金の目途があるわけじゃなし、人に頭を下げるのも、最近、何やら面倒になった。

そろそろ、だな。

何の不足があるものか。この町に住んで、少し、幸福だった。

色気も何もない話……………………………………七月二十九日

昨夜、〈歌舞伎町の女〉から、「明日が最後だから」、と通告された。明日の夕方まで家賃を納めなかったら、明後日には部屋を出ろ、と言う。

まあ、仕方がない。ちょっと暑いが、またさすらいの旅に出ようか。

「漫談」ばかり書いていると、「やたろう」さんから、「あなたの馬鹿には、本当に涙が出ます」、とでも書かれそうだから、少し真面目に書こう。

深夜零時半。電話が鳴った。〈六軒隣の女〉からだった。

「……、すぐ、店に来てよ。」

死にそうなほどにか細い声だった。

何ごとかと思って女の店に入ると、女の娘とお客が一人いて、女は、テーブルにだらしなく顔を預けて寝息を立てていた。

「どうしたんですか？」

「いや、誰かに電話して、来てよって言った途端に眠ってしまったんだよ」、支払いは終わっているから後を頼むよ、お客はそう言うと出て行った。

「ママ！　ママ！」

〈十一歳の娘〉が女を揺り起こすが、女は相当呑んだのだろう、起きる気配もない。

「しばらくそのままにしておくんだ。」

そう言う僕の声を無視して、娘が、母親をゆすぶる。

「もうー、なんでこうなの！」

憎々しげな表情だった。

「早く起きてよ！」

「馬鹿野郎！」

僕はその娘を怒鳴った。

「お前のお母さんだぞ。自分のお母さんに向かって、その嫌そうな顔はなんだ！

もう、お前はいらない。後はおじちゃんがするから、帰れ！」

「おじちゃんは、初めてだからそんなことが言えるのよ。何度目だと思っているのよ！」

娘が言い返してきた。

「馬鹿野郎！　自分のお母さんじゃないか。酔っぱらったら何度でも優しくしてやるんだ。母親に、そんな冷たい顔しかできない娘なんて最低だ。」

娘は不貞腐《ふてくさ》れて黙った。

しばらくして、眠っていた女が顔を上げ、「吐きそうだよ」、と泣き声を出した。

二人でビニール袋を女の口に当て、背中をさすった。何も食べずに呑んでいたらしく、ゲーゲー苦しむだけだった。

それでも、嘔吐の効果からか、女は床に身を投げて、いびきをかき始めた。

相当無理をしたのだな、と僕は思った。僕だけは、今夜、女の財布に千円のお金もないのを知っていた。今日売り上げをしないと生活は大変だ。そのために相当呑んだのだろう。

女の寝息を聞きながら、僕は椅子に腰掛け、黙ってタバコをくゆらせていた。娘が近づいてきて、僕の背中から声をかけた。

「おじちゃん。ずっといてね。」

「わかっている。朝までずっといてやるから。」

娘は安心したのか、僕の向かいの椅子に腰かけ、うたた寝を始めた。時計を見ると二時前だ。

この、五十歳と十一歳の母子は、こうやって、時には憎み、時には悪態をつきながら、二人きりで生きてきたのだな。あらためて、そんなことを、考えた。

もし、僕がいなかったら、この〈十一歳の娘〉は、どうやって、酔っぱらった母親を家に運んだのだろう。母子二人でこの店に泊まったのだろうか。

二時半を回った頃、女が、「水が欲しい」、と言い出した。娘が飛び起き、水を渡した。

今度は、「おしっこがしたい」、と女が言う。

「それはおじちゃんにはできないから、お前がしてやれ。」

僕は、女を便座に座らせて、娘に言った。

「ママ、大丈夫？」

「ママ、ズボン脱いでよ。」

「ママ、ちゃんと座って。」

酔っぱらって正体のない母親の世話を、娘が必死になってしている。

しばらくして、女がトイレから出てきた。

出てくるなり転んで、床に倒れた。

「大丈夫か？」

と駆け寄ると、下着を着けてない剝《む》き出しの尻があった。

「おじちゃん！　見ちゃ駄目！　向こうに行って。」

娘がそう叫んで、僕を追っぱらった。

僕は店の外に出て、夜空を見上げた。そうだな。ここには、僕などが立ち入ることのできない母子の絆があるのだな。この絆で、二人は、普通の母子よりも強く結ばれているのだな。そんな、月並みなことを思った。

酔った女を背負って、部屋まで運んだ。

読者は知っていると思うが、僕は、つい昨日まで、腰を痛めて、歩行も困難だった身だ。五十キロの女をおぶって歩くのは、死ぬかと思うくらい、痛く、苦しかった。

「おじちゃん。」

娘が声をかけてくる。

「なんだ?」

「フフフ、何でもない。」

またしばらくすると、

「おじちゃん。」

と呼ぶ。

僕は痛みに耐えながら、

「どうした?」

「フフフ、なんでもない。」

そうか、この娘は、酔った母親が男に背負われて帰る姿をはじめて見るのだな、と気づいた。途中から女が何とか歩けるようになり、部屋までつき添い、玄関先で崩れかけた女の躰をベッドに投げこんだ。

「おじちゃん。もう少しだけでいいから、ここにいてよ。」

「わかった。」

娘が水を持ってきて、僕に差し出した。

「氷、持ってくるからね。」

タバコを二本吸った。

「おじさんは、もう、帰るぞ。」

「うん。もういいよ。」

色気も何もない、つまらない深夜劇だった。

久しぶりの順女《すんにょ》……八月十一日

人さまは、お盆で、高速料金千円の恩恵に預かり、里帰りなどして羨ましい限りだが、この僕はと言えば、帰る故郷もなく、

「お金がない…。

お金がない。

お金がない！」

と騒いでいる。

「荒井あさみ」さんという優しい女性読者（もちろん、顔も声も知らない人だ）がいて、僕を哀れんでくれて、今日もまた送金してくれていた。ありがとう。

しかし、張邦光先生の病院に行きたいが、どう計算しても、張先生の処方箋代金はツケにして払わないとしても、電車賃、薬代の総額一万六千円に足りない。

かつては僕の守護神だった袴田悦史さま（さまはやめろと言われたが）は、

「もう、僕が見るのは、あなたよりも、妻の顔色ばかりですよ。

なにせ、僕は、あなたのせいで、貯金通帳、カード、財布の、三種の神器を取り上げられた男ですから。まあ、何とか生き延びてくださいよ。」

そんな言い訳を平然と放って電話を切る男に成り下がってしまった。

もう、薬も切れた。盆休みも来る。

わかったよ。死ねばいいんだろう、袴田さん。死んだら、あんたのせいだからな。

これは、脅しになるのだろうか？

まあ、最近、僕とつき合いすぎて、彼も骨太になったからなあ。

で、仕方がないから、女に甘えようか、と考えた。

今夜は、〈六軒先の女〉の店が休みなので、二ヶ月ぶりに順女《すんにょ》に電話した。

「おいでよ。」

文無しの身ながら、あいつの店に行った。

「こら。呑む前にお金出せ！」

「僕は貧乏なんだぞ。お金なんかあるわけないじゃないか。」

「またかよ。この貧乏人」、と言いながら、「ウィスキーでいいのか？」

酒を出してきた。

僕の近況を語った。

「ヒモか。」

あのな。そんなに軽く言うなよな。

「でも、あの女、お前がいて助かっているよね。」

そう。初めから、そう言えばいいんだ。

「お前、あの店が潰れたら、お前がやれば？　みんなでお金出してやるよ。」

「そんなわけにはいかないよ。」

「あの女よりも、お前がやったほうが儲かるんだろう？

私もこの店やめるから、一緒にやろうか。」

「だから、僕を離さないんだよ。それくらいのことは、わかっている。」

「お前って得な男だよね。いつも、どっかの女が面倒見てくれる。

ねえ、お前。わたしの店のツケ、あれから、どれくらいか、覚えている？」

「あれからだと、もう、五十万円くらいかな。」

「覚えていればいいよ。いつか、金持ちになったら持っといで。

それで、お前、あの女と寝たの？」

「お前ネ。何でそんな嫌らしい話ばかりするの？僕がそんなことをするわけがないだろう。僕は、貧乏な上に前立腺を患った男で通っているんだぞ。」

「うちの店の女と寝たのはお前だよね。

私を襲ったのもお前だよね。」

ムムッ。

ムムッ。

「いや、だから、あれは、すごく酔っていたから…、」

「ふーん。お前、酔ったから私を襲ったのか？」

「……。」

二時間ほどしゃべって、二人で家路に向かった。とうとうお金の話は言い出せなかった。

「おい。頼みがあるけどな。」

「何よ。」

「今夜、お前とラブホテルに行ったたってことにさせてくれよ。」

「何で？」

「店でお客がうるさいんだよ。あの女と僕ができているんじゃないかって、みんなが毎晩僕を睨みつけるんだ。昨夜は、その一人が、ヤクザを連れて僕を脅しに来たんだぞ。僕は、もう、耐え切れない。」

「お前とか？

…、嫌だなあ。」

「頼むよ。朝の六時までラブホテルにいたことにしてくれよ。

それで、何もかも丸く収まるんだよ。」

僕は懇願した。

「わかったよ。いいよ。

だけど、誰にでも言い触らすんじゃないよ。私の恥だから。」

こら。お前。もうちょっと違う言い方ができないのか！

何でこうなるの？……………………………八月十二日

夕方、愛知県一宮市の「ＷＩＬＤ ＲＯＳＥ」さんから購読料の送金があって、ああ、ありがとう。やっと薬が買える！

よし、明日は行こう。張り切って、Ｙ市の張邦光先生の病院に電話した。

「世川です。明日処方箋をもらいに伺いますので、よろしく。」

「あら、世川さん？　残念ね。明日からうちはお休みなんです。十六日まで。」

ああ、お休みに入るの…。それで、僕は、どうしましょう？

「世川さん。お大事に。」

だって？

血圧二三〇の高血圧男だぜ。四日も薬無しでもつわけがないじゃないか。お互い、薬の切れるのはつらいな、酒〇〇子。僕には、君の気持ちがよくわかるよ。

誰のせいだ？

そうか、あの無慈悲男のせいだな。よーし、腹いせに血管切って死んでやるぞ。袴田悦史！

こんなときには、頭がよい菊地研一郎さんが一番の頼りだ、「菊地さん、どうしたらいい？」

「やっぱり、救急病院が一番ですね。」

「それしかないか。」

「それしかないでしょう。」

仕方がない。明日は、救急車を呼ぼう。

午後三時から、〈歌舞伎町の女〉と会った。

最初は優しかった。

「もう辞めなさいよ。」

「いいのか？」

「いいよ。」

僕は、根が正直者だから、これまでのことを隠さずに語った。

酔っぱらった女を背負って帰り、ベッドにまで運んだこと、毎朝のように、帰り間際の〈六軒先の女〉が、先日〈歌舞伎町の女〉が睨みつけた同じ窓から僕に声をかけること…。

しかし、やっぱり、大人には、嘘も必要だった。つまらないこと、言わなければよかった。

はじめは笑って聞いていた。笑って聞いていたんだよ、初めは。

「あなたって、どうして、そんなに馬鹿なの！

なんであなたみたいな馬鹿男の世話を、私がしなくちゃいけないのよ！

もう、やめるよ！

もう、あなたのことなんか考えずに生きたいよ！」

周りのお客が、女の剣幕に、何ごとかと僕を見る。ああ、恥ずかしい。

「そんな店、すぐに辞めなさいよね！」

そう言い残すと、怒って帰っていった。

今日は十三日の金曜日か？　違うよな。十二日の水曜日だよな。

また〈四駅先の女〉……………………………八月十四日

上野に出た。

二ヵ月半の新宿暮らしで肉体がなまっている。これじゃ、とても放浪には耐えられない。少し躰を鍛えておこう、と考えた。

以心伝心という言葉は、本当なのだろうか？〈四駅先の女〉から、電話があった。

「いつになったら電話くれるのよ。」

そうだ、こいつがいた。三ヶ月以上も放ったらかしにしたままだ。

「お茶でも飲むか？」

「本当？」

嬉しそうな声をする。京成電鉄に揺られて四十五分、〈四駅先〉に出かけた。二人でケンタッキーに入った。

相変わらず、きれいだった。僕の周囲の女たちの中で、やっぱり、この女が一番美人だな。

うん？ それが事実かどうかは別として、そう思う僕がいるということが大切なのだよ。

あと十歳若ければ、申し分ないのだが、何せ、もう、五十二歳だもんな。

「お前、男が出来たんじゃないのか？」

「何を、いつも、馬鹿なことばっかり言ってるのよ。

あんたがいるのに、男なんかつくるわけがないじゃない。」

「……、そうか。」

「ねえ。いつまで待たせる気なのよ。私、もう、おばあさんになるよ。」

「それがな、またしばらく、北に行ってくることになったんだ。少ししたら帰ってくるから。」

「今度はどこよ。」

「東北だ。」

「帰ってくるの？」

女が、疑わしそうな眼で訊いてくる。

「ああ。必ず帰ってくる。」

僕は、胸を張って答えた。

「いつもそう言って、二年三年だもんね。」

「今度は、すぐに帰ってくる。」

本当かな？

二時間ほど、あれこれの話をした。

この女と〈歌舞伎町の女〉は顔立ちがよく似ている。

なのに、〈歌舞伎町の女〉と向かい合っていると肩が凝り、この女といるときは、何の遠慮も飾りも不要で、心が落ち着く。

T君が、いつも、

「お前は〈四駅先の女〉といるときが、一番幸せそうな顔をしているんだよ。

おまえたちが二人歩いていると、よく似合うんだ。お前は、あの女以外は駄目だよ。」

と言うが、何となくわかるような気がする。

しかし、しかし、しかし。僕は、いま、青春を生きている。姥桜なんぞには、絶対に妥協はしない！

みちのくの旅で、また魅力的なマドンナを探すのだ。

あれっ?!

何か、大嫌いな「フーテンの寅《とら》」になってきているぞ。

逃避行……………………………………………八月十八日

盆の間に、新宿は、非常に「危険な展開」になってきて、僕は旅の荷物を取りに新宿に帰ることができなくなり、行き場を失い、三日続けて上野のサウナに泊まっている。

先日、〈歌舞伎町の女〉が、「男」と道で偶然出会い、「男」にじっと見つめられた〈歌舞伎町の女〉は、「顔を背けて逃げたわ」、と言った。

「あの男だったら、本当にあなたを殺すかもしれない。」

歌舞伎町の友人の話では、〈六軒隣の女〉の店の客の誰かから僕の噂が入って、僕を探し始めたらしい。

「お前は、自分で思っている以上に、歌舞伎町では目立つ男なんだよ。

あっこの店に面白いマスターがいてさ、そいつが物書きなんだよ。昔、歌舞伎町の本を書いてたんだってさ、なんて噂がすぐに広まるのは、わかりきっているじゃないか。」

〈六軒隣の女〉の昔からの客たちは、ちょっとやばそうな人間ばかりで、それはずっと気になっていたのだが、現実のものとなった。というよりも、やっぱり、新宿は、ヤクザの街なのだ。

「だから、新宿なんかに住むなって言ったじゃないか。

わざわざ敵陣に、殺してくださいって名乗り出るみたいなものだ。」

だって、歌舞伎町が恋しかったんだもん。

「荷物なんか放っておけ。部屋の前で誰かが見張っているかもしれないんだぞ。ほとぼりが冷めるまで、絶対に新宿に帰るなよ。」

だけど、なんで、顔面血だらけにされて救急車で運ばれた僕や、喰い物にされた〈歌舞伎町の女〉が、今でも、そうした人間を怖がらねばならないのか。普通の理屈から考えたら、理不尽極まりない話だが、それが通用する世界が歌舞伎町なのだから、どうしようもない。

僕が〈歌舞伎町の女〉と離れてよその土地にいれば気がおさまるみたいだから、仕方ない、また離れ離れだ。本当なら、今日から水沢市（今は奥羽市なのかな）に向かっているはずなのに、着替えのシャツも靴もない。ふーむ。

マージャンで喰うのも、もう、いささか疲れた。この生活パターンだと、結局、ジワジワとお金が出ていく。東北行きの旅費も心もとなくなってきた。

しかし、こんなところで足踏みしている暇はない。サンダル履きでの東北行ってのは、ちょっと気が引けるが、一日二日様子を見て、状況が変わらなければ、そうしよう。

まだ上野……………………………八月十九日

昨日は、徹夜で原稿を書いたら、すっかり疲れ果て、夕方四時までサウナで熟睡した。

それから、格別にすることもないので、マージャン屋に行った。朝の五時まで打ち続け、四千円ほど勝ったので、またサウナに帰った。これで四連泊だ。

これまでの長い放浪時代には、パソコンを打つために、ネットカフェを利用した。ネットカフェは、いくら安くても一日に六千円くらいはかかった。寝過ごしたりすると、一日九千円にもなって、真っ青になったものだ。

あの時期は、冷血漢袴田悦史（今日は呼び捨てだ）がまだ「優しい天使」で、鉄の奥方の眼を盗んでは、静岡県浜松市から、不足金を、毎日のように送ってくれたものだった。

本当に、あの頃は、優しく、人に慕われて当然の特定郵便局長だったなあ。

今は、いくら催促しても、購読料すら送ってこない。

何？

「……！」

声が小さくて聞こえないぞ。袴田悦史。

「……、……、」

そうか。君が、六十歳にもなってあんな冷淡な性格に変わったのは、案外、僕にも「一因」があったのかもしれないな。それなら、今の君の冷酷は許そう。なーに、気にするな。僕は寛大な男なんだよ。

そんな時代は、今は昔の懐かしい思い出。今は、菊地研一郎さんからもらったノートパソコンがあるので、「早朝サウナ」だと、五時から夕方四時まで、千五百二十五円で済み、ネットカフェよりも安いため、サウナを利用している。

風呂に入って、シャンプーから髭剃《ひげそ》りまで買わずに済み、しかも、パソコンが打てて、それで二千円以下なら、これはもう、御の字だ。都内の銭湯は、入浴料だけで四百五十円だ。今度のみちのく行も、これを活用しようかと考えている。

だんだん新宿が遠くなっていく。留守電に、〈十一歳の娘〉からの声が入っていて、

「おじちゃん。なぜ、電話に出ないの？ 電話に出てよ。」

少し、胸が痛んだ。

今日は、目覚めたら、まず千円散髪に行き、少しいい男になってから、〈四駅先の女〉に暇《いとま》乞《ご》いに行こう。いつも、黙って消えるばっかりだったからなあ。

僕は、オーバーステイのこの女を救うために、今年、女を僕の戸籍に入れるつもりだった。本籍地の町役場で、僕を知らない人間はいない。韓国女と再婚したとわかったら、一族のみんなが仰天するだろうな、とためらいながらも、まあ、形だけだからいいか、と決心した。

女は、昨年、それまで絶対に離婚に応じてくれなかった韓国の夫に、三十万円を払って、正式に離婚していた。

「形だけでも、お前さえよければ、僕の戸籍をやるぞ。それでオーバーステイは解消できる。」

女にも、それを告げていた。

ところが、ですな。

僕が新宿に住むにあたって、〈歌舞伎町の女〉が、一つだけ条件をつけたのでありますよ。

「その女を籍に入れるのは、やめて。」

「うん？」

「そんな女に、あなたがただで籍をやる必要はないでしょう？」

「まあな…、」

「どうせ韓国女に籍をあげるくらいなら、他の女に売ったほうがましよ。」

「……、そうか。」

で、僕は、何も言えず、〈歌舞伎町の女〉に勧められるまま新宿に住み、その話は宙に浮き、そのために、〈四駅先の女〉に連絡を取るのに気が引けて、二ヶ月間も放ったらかし、という状態になったのでありましたとさ。

このいい加減さ。

読者諸氏。嘲笑《あざわら》ってやって下さいな。

僕には肉体が一つしかない……………………九月十九日

〈熱〉というのは、思う相手の心にも伝わるものなのだろうか？

一斉に、女たちから連絡が来た。

一か月近い東北行から新宿に帰ってきた昨夕は、〈四駅先の女〉から電話があって、

「今どこ?」

「東京だ。」

「帰ってきたの?」

「ああ。」

「来てよ。」

「お金ができたらな。」

「お金なんかいいから、来てよ。」

「お金ができたらな。」

そして、深夜三時にもなって、部屋で横たわっていた僕の背中に、

「おい!」

振り返って窓の外に眼をやると、順女だった。

「どうした?」

「奢《おご》ってやるから、呑みに行こう。」

したたかに酔っぱらっている。

「呑むのはいいよ。部屋まで送ってやる。」

二人で、夜道を歩いた。

「いい本、書けたのかい?」

「ああ。もう少しだ。」

「頑張るんだよ。」

考えてみたら、この女とももう十年のつき合いだ。歳月は、あっという間に過ぎていく。その一方で、僕と〈六軒隣の女〉の間柄は、現在非常に悪化していて、これも、まいったなあ、だ。

先夜、女が月十回のパトロン氏とホテルに行き、深夜、帰ってきて、「来てよ」、と僕を店に呼ぶ。

「お金のためだからね。」

「あの人しかお前を助けられないんだから、それでいいんじゃないのか。」

と僕は答えた。

「あんたは、誰にもヤキモチしないの？」

「ああ。セックスなんか、どうってことじゃない。」

「あんたは、誰も好きじゃないんだね。」

「そんなことはないよ。」

「あんたは、詐欺師だ！」

女の声が、急に荒くなった。

「そうやって、ずっと、口で女を騙してきたんだろう。

〈歌舞伎町の女〉も、順女も、みんな、そうやって騙したんだろう。

あんたね、あんまり女を泣かしたら駄目だよ。」

「馬鹿言ってんじゃないよ。僕が女にもてるわけなんかないじゃないか。」

「この詐欺師！

お金で女を騙すならまだいいけど、あんたみたいに口で女を騙す男は最低だよ。あんたは、最低の詐欺師だ。もう、この店から出て行きな。」

追い出された。

十日ほど前、酔った女に訊かれた。

「あんた、私に何もする気がないの？」

「ああ。しない。Mさんやパトロンに悪いからな。

二人とも、僕がお前のそばにいて安心している。それは裏切れない。」

「もう、こんな歳だよ。人に遠慮なんかしなくてもいいじゃないのよ。」

「それは無理だ。」

それから女は、大酒を呑み、酔っぱらい、帰りの道端にしゃがみ込んで泣き出した。

「わかった。今度の休みに二人でホテル行って、ラブラブしよう。」

僕はそう言って、女を部屋の前まで送った。

休みの日。僕は上野に出かけ、マージャンをして、惨敗を喫して、部屋に帰っていた。

女から電話があった。

「どこにいるの？」

「部屋。」

「私は酔っぱらっているからね。」

店に行った。

驚いた。女が、今まで一度も見せたことのないきらびやかな服装をして、指には高級な指輪をし、黒の網タイツまでしている。

心が痛んだ。

「行かないんでしょう？」

「ああ。マージャンに敗けて一文無しだ。済まないな。」

「詐欺師！」

女が怒鳴った。

「初めから、行く気なんかなかったんだろう。この、嘘つきの、馬鹿野郎の詐欺師！」

あらん限りの悪態をつかれた。

何一つ、返す言葉がなかった。

その翌日、八丈島から女の店に手伝いに来ている姉さん（格の女）が、二人きりになったとき、僕に話しかけてきた。

「昨夜、〈十一歳の娘〉とも話したんですよ。

あなたが、あの女《こ》と一緒になってくれたらいいのになあって。」

僕は黙るしかなかった。

「私、明日帰りますけど、あの女《こ》を頼みますね。」

自分に肉体がいくつかあれば…。

歌舞伎町を放浪していた頃、僕の心を占めた思いが、また蘇ってきた。

たった一つの肉体を、「自由な物書き」ということだけに使おうと決めて、ここまで来たが、なかなかしんどいときもある。

僕の〈可愛い恋人〉……………………………十月十八日

今日は、僕の〈可愛い恋人〉と、「東新宿食堂」で昼食を食べた。

僕の〈可愛い恋人〉は鶏の中華空揚《からあ》げを注文したが、肉がかたくて、彼女の歯では肉が切れず、諦めて、「鮭の塩焼き」に変えた。全部食べて、とても偉かった。

それから自転車（実は三輪車）に二人乗りして、「タリーズ」に向かい、僕はアイスコーヒーを飲み、〈可愛い恋人〉はアイスクリームを食べた。

久しぶりのデートだった。なかなか楽しかった。

お別れしようかと思ったら、「おじちゃん。うち、マックのポテトが食べたい」、ということで、二人でマックに行って、そこで別れた。

夜に〈六軒隣の女〉の店に行ったら、〈可愛い恋人〉もいて、僕の右手をシルバー生地のピンク、左手の五つの爪はピンク生地にシルバーというマニュキア塗りをしてくれて、おかげで、僕の爪は、とてもセクシーになった。

しかし、こんなセクシーな爪、〈歌舞伎町の女〉や〈四駅先の女〉になんか、見せられやしないな。みんな、「若さ」にはコンプレックスしか感じない年増女たちだから、見せたら、きっと、大騒動だ。

しかも、マニュキアだけではなく、僕の〈可愛い恋人〉は、韓国の血抜きの機材をつかって、僕の肩凝りまで治療してくれた。ありがとうね。肩がすっかり楽になった。

勉強はしない悪い子だけども、優しくて、いい子じゃないか。算数ができれば、もっといい子なんだがな。

皆さんも僕の日記が好きかも知れないが、一番のファンは、僕の〈可愛い恋人〉で、今日は、この日記を、書き終えるまで、隣でじっと読んでいた。

まずは、やっぱり、上野から。…………………十月二十一日

東新宿を出た僕のとりあえず行く場所は、半年前までさすらっていた上野しかなかった。

郵便局に行って、北上の平野さんからの送金を引き出し、三時間千五十円の上野のサウナ「ダンディ」に行って、時間をつぶした。少し眠った。

三時半にサウナを出て、また、郵便局に行った。岡山の妹尾良《せのおりょう》さんはじめ数人の読者が送金してくれていた。本当に助かった。

これから何処へ行こうか、と考えた。

本当は、その場所はすでに決まっていて、そこしか行けないはずなのだが、この間と違って、今度は、本当に、一度旅立ったらしばらく東京には戻れない。少し名残惜しく、上野の街をブラブラした。

〈歌舞伎町の女〉に電話した、「しばらく帰ってこれないから、部屋のこと、頼むな。」

「どれくらい行っているの?」

「一ヶ月くらいかな」、僕は嘘を言った。

「そんなに?」

女は、僕の嘘に気づかない。いいやつだ。

「ああ。」

「躰に気をつけてよ。」

「わかった。」

「オッパ。」

「何だ?」

「貯金、私より先に下ろして無駄使いしたら駄目だよ。私が、貯めておいてあげるから。」

ばーか。

「はいはい」、心の中で、アカンベーをしながら、僕は電話を切った。

夕方、〈四駅先の女〉から電話があった。

この数日間、毎日四～五回電話があったが、僕は出なかった。今日は出た。

「どこにいるのよ。」

「上野だ。」

「何してるの？」

「僕は、明日から旅に出るぞ。」

「明日？」

「ああ。」

「また何年も帰ってこないんだね。」

「……。」

「来てよ」

「そんなお金はない。」

「いいから来てよ。」

「無理だ。」

「今から店に来てよ！」

女の店には、一人の客もいなかった。僕が出るまで、誰も来なかった。

「ねえ、世川。」

「なんだ？」

「少しは私を好きになってよ。」

「はあ?」

バーカ。お前の存在がなけりゃ、僕は、もっと気楽に女を渡り歩いているんだよ。

「北に行くの?」

「ああ。」

「明日?」

「ああ。」

「ねえ。もう、どこにも行かないでよ。ずっと、ここにいてよ。」

「……。」

「安い部屋があるよ。そこに住んだらいいじゃない。」

「みんながナ、僕は今から何処にさすらうんだろうって、興味津々で見ている。それでお前のとこには帰れないだろう。なんだ、結局お前のとこかって、読者がガックリする。みんなの期待を裏切っちゃいかんよ。」

「バカ!」

店を出たら、上野行きの電車は終了していた。仕方がない。懐かしいY市のネットカフェに入った。ここが、僕の「放浪日記」のスタートの場所だ。

馴染みの店員が、「お久しぶりです。世川さん。あの店長、代わりましたよ。」

「そうかい」、まあ、セコセコした店長だったな、「今度の店長はどうだい?」

「前よりはずっとマシです。」

「そりゃあよかった。今夜は眠りたいんだ。広い部屋、あるかな?」

「あります。ご案内します。」

ということで、僕は、今、Y市のネットカフェでこの日記を書いている。

何も考えない。成り行きにまかせよう。まあ、とりあえずは、それが最良の道だろう。

転々転……十月二十一日

Y市を出て、上野のサウナに戻り、十二時間千五百七十五円という割安サービスを使った。喫茶室でパソコンに向かいっぱなしだ。日中のネットカフェなら、これで五千円はかかる。大節約だ。これも、ノートパソコンを所有しているという強みがあればこそのことで、菊地研一郎さんに感謝した。

昨日は多くの人から、この度の新宿出奔《しゅっぽん》について励ましの「コメント」やメールをもらって、これも感謝した。ありがとう。不肖世川行介、冬の寒さなどものともせず放浪に励みます。

ところで、僕は数日前に、十本の指にピンクとシルバーのマニュキアをほどこし、そのまま新宿を出奔したため、上野でも、〈四駅先〉でも、Y市でも、「あなたって、異常性癖の人?」と疑われて、非常に難儀している。

このままで、地方都市水沢市なんかに行った日には、「話すことは何もない。悪いが、すぐ東京に帰ってくれ！」と追い返されそうだ。どうしたらいいのでしょう？

マニュキア男が北を行く……………………十月二十二日

朝十時、僕は北上駅に着いた。

昨夜は徹夜だったので、熟睡しているうちに、着いた。あっという間の三時間だった。夢を見る間もなかった。

今、北上駅の待合室で、パソコンのコンセントを無断拝借しながら、この日記を書いている。やはり、ここは、東北であった。東京では、少し暑いなあと思っていた長袖姿だったのに、この風に当たると、ブルッブルッと身震いした。

駅には地元の人が何人かいて、中年女性が二人、何やら気さくに話している。

うん、そうか、僕は「異国」に来たのだな。彼女たちの理解できないお国訛《なま》りを聞きながら、そう思った。

北上の空は、白い雲の群れの向こうに澄んだ青空があって、駅前の喫煙ベンチに腰掛けてそれを眺めながら、まさかたった二ヶ月でここに舞い戻ってくるとはなあ、と苦笑した僕であった。さっき、北上市在住の読者である平野さんに、北上到着の報告電話をした。それじゃあ週末にでも会いましょうか、ということになった。

それにしても、僕という男は、何をしているんだろう。

つい先日までは、「しばらくは新宿暮らし。愛の越冬だ。」なんて豪語していたのに、今日は、独りさびしく東北水草稼業だ。本当に節操のない男だこと。愛はどこに行ったんだ、愛は！

我ながら呆れる。

新宿を出るときに、もうしばらく、女ヘンには無縁でいこうと決めた。執筆に専念しよう。絶対、守るぞ。

今回、保険証と住民票の写しを持ってきた。医者からもらった風邪薬も十回分持ってきた。前立腺炎の薬ももらってきた。しかも、今の僕は、身元確かな立派な日本国民だから、警察の職質にも対抗できる。降圧剤も三割負担で済む。どうだ、まいったか。

でも、僕の両手の十個の爪は、未だにピンクとシルバーに輝いていて、そろそろ、消さねばならないのだが、これが、つい先日までの〈十一歳の娘〉の「愛」の証しでもあったわけで、何か消しがたく、そのままにしている。これもご愛嬌だ。しばらくこれでいこう。

しかし、東京でもすごく奇異な眼で見られたのだから、この田舎町じゃあ、もっとだろうな。でも、え〜い、やってやれ！

マニュキア男が北を行く（続）……………………十月二十五日

朝、十時十分前に目覚めた。まだ眠たかったが、時間だ。仕方がない。顔も洗わずにカプセルホテルを出た。

今朝の北上の空は、雲ひとつない澄んだ青空で、ふり仰ぐと、秋の陽光が降り注いで、疲れた眼には、少し眩《まぶ》しかった。

貧乏放浪者の卑しさで、足は郵便局に向かった。思ったとおり、一円の送金もなかった。ポケットを探ると、昨夜の食事代を差し引いた四百円が残っている。朝食は辛抱して、まずタバコ代だな、と決めた。

僕は、この十年間ほど、ラーメンというものを食べたことがない。

友人のT君が大のラーメン好きで、ラーメンばかり食べているうちに、体重九十キロのデブになった。それを見たら、怖くなって、ラーメンだけは絶対に食べないぞ、と決めてきた。

その僕が、一昨夜、珍しく、北上の平野さんと、夜食にしじみラーメンを食べた。

昨日の昼食、よく流行っているラーメン屋で、またラーメンを食べた。

そして、昨夜。「ふむ、二食続けてラーメンだったたな。何か美味そうなものはないかな」、と考え、千円札一枚握りしめて、飲み屋街を歩いた。

しばらくすると、おいしそうな但し書きのついた店があった。うん、これは美味しそうだな、僕は椅子に腰掛けると、注文した、「済みません。しょうゆラーメンひとつ。」

今日は、三時に三千円送金すると言っていた人間がいて、それは当てにできるから、それまで、何とか、駅の待合室で粘って執筆しよう。そう決心して、郵便局を後にして、北上駅に歩き始めた。

しばらく、覇気なくノロノロ歩いていると、陽光の中、人影がこちらに向かってくる。

「？」

僕を見て、微笑んでいる。

この街に知り合いなどいない。誰だろう、と眼を細めると、一昨夜別れた北上の平野さんが、小さく手を振っていた。

「あら、どうしたの？」

驚いて、僕はたずねた。

「心配になって、来てみたんですよ。そこで世川さんの姿を見つけたものだから。」

「僕を探したの？」

「ええ。」

「ああ、そうなんだ。そこいらでお茶でも飲もうか。」

「いや。娘が一緒ですから。

世川さん。これ。」

平野さんが、白い封筒を差し出した、「北上で凍死されちゃいけませんからね。今夜のカプセルホテル代にはなるでしょう」、それだけを僕に渡すと、彼は、足早に止めていた車に戻った。車を覗くと、中に三歳だという可愛いお譲ちゃんがキャンディーをなめていた。

「原稿、明日まででしょう。がんばって下さい。」

そんな優しい声を残して、車は去って行った。

車が見えなくなるまで、見送った。これに応えねばなあ、僕は、少し湿っぽくなった心にそう言い聞かせ、待合室に急いだ。

今朝十時半に優しい平野さんを見送った僕は、北上駅の待合室に陣取った。タバコを買った。残りは七十一円だが、平野さんから頂戴《ちょうだい》した封筒があった。三時までには三千円入ってくる。うん、今日は北上安楽亭の世界だな。

一時間して、特定郵便局に行った。駅前なのにＡＴＭは休みだった。なんて生意気な民営ゆうちょだろう。

まあ、それでは軽く腹ごしらえなどしようではないか。僕は、喫茶店に入って、ドライカレーセット六百五十円と、コーヒー三百五十円を頼んだ。「念のために、封筒、封筒」、僕は、ジーンズのポッケに手を当てた。

あらっ、ない！

封筒が、ない！

どこにも、ない！

無銭飲食の刑期は何年だ？　七十一円所持の放浪者世川行介さんは、喫茶店の椅子で真っ青になり、少し震えましたとさ。

「ちょっと駅まで行ってきます。」

僕は、階段を駆け下り、駅の待合室、椅子の下、タバコ売り場の床、思いつく場所を片っ端から覗き込み、

「お〜い。封筒や〜い。隠れんぼは終わったぞ。もう出ておいで〜」、と叫んだのだが、北上の街に不慣れな白封筒は、ついに姿を現さなかった。

どうしよう、と考えてみたところで、ないものは、ない。七十一円は、どんなマジックを使っても、千円には化けない。

「ふ〜む。」

開き直りに強い僕は、それから二時間半、コンセントを借りて、パソコン打ちに専念したのだった。

二時に電話が鳴った。

「今、三千円送っておいたからね。」

「いや〜、助かったよ。」

「どうしたの？」

「実は、かくかくしかじか、ちょんちょんちょんちょん。」

「また失くしたの？

もう、あなたって、いつもそうなんだから。もう、お金なんか送らないからね！」

あら、電話が切れちゃった。ひたすら走った。

しかし、僕は、そんな非難をものともせず郵便局に走った。

入っていたよ。三千円。

僕はすばやく計算した。うん、うん、う～ん。そうか、今夜はカプセルホテルも無理だな。

お金もないのに、もらった封筒を紛失する。この、身から出た錆《さび》を、いったい誰が許そうか。

和田アキ子。僕は君の『笑って許して』という歌が、今、とっても懐かしい。

僕は、愛する菊地研一郎さんに電話した。

「菊地さん。僕は、今日は、本当の放浪者になるよ。」

と嘆くと、

「世川さん。今だって、十分放浪者ですよ。」

あっ、そうだったの。

「でも、今日は泣き言言わないからね。男は黙って放浪野宿！」

言葉だけは勇ましく、僕は電話を切ったのだった。

それから、僕は、大好きな北上の青空を、時に見上げ、あまり好きではない地面を、何か落ちてないかと見つめながら、代金を支払いに、駅前の喫茶店に向かいましたとさ。

駅前に着くと、入口上部に赤いランプを光らせた建物がある。

「あれは何だ？」

僕は、一風変わった造りの建物を見つめた。

「北上駅前交番」、と書いてある、「ふ〜む」、交番前で立ち止まった。

昔、歌舞伎町から帰る電車賃がなくなって、よく、歌舞伎町交番でお金を借りたっけな。北上の交番も貸してくれるかな?なんて馬鹿なことを考えた。

しかし、待てよ。駅の窓口にも落とし物の届け出はなかった。売店もなかった。でも、ひょっとしたら、交番に落とし物届けってこともあるんじゃないかなあ。そうだ。僕は日頃がいいから、きっと、拾い主が届けているのに違いない。

僕は、心を希望一色に染めて、交番のドアを開けた。

「あの〜。封筒の落とし物ありませんでした?」

「封筒?」

「ええ。白い封筒。」

「何が入っていたのよ。」

「現金がウン千円。」

「そんなのあったかなあ。」

もう一人の巡査が、「どこで落としたの?」

「多分、待合室か、駅前の道路。」

「いつごろの話?」

「昼前後一時間のところ、かな。」

「ふ〜ん。お金の入った白い封筒ね。」

素っ気ない態度。

ちぇっ、やっぱり、駄目だったな。来なきゃよかった。僕は、心の中で舌打ちをした。

突然、派出所内のくす玉が割れた。音楽が鳴り響いた。

「じゃ〜ん。

おめでとうございま〜す。ぴったしカンカンの封筒がここにありました〜！」

巡査が、二人、僕に祝福の拍手を浴びせた。

ハハハ、ハハハ、ハハハ！

なんて素晴らしい街なんだ、岩手県北上市は。善良な市民だけで構成されている、理想的な街じゃないか。

「身分証明書みたいなものは？」

「ありますよ。もちろんありますよ。

僕は日本国民です。正真正銘の日本国民です。ほら。このとおり、住民票の写し、健康保険証、持っています。」

「よく、住民票の写しまで持ち歩いていますね。」

「健全な日本国民ですから。」

僕は、封筒を返してもらって、交番を飛び出すと、愛する菊地研一郎さんに電話した。

「菊地さん。あったよ。あった！」

「いま、送金に郵便局に向かうとこでした。

世川さん。明日が締め切りでしょ?」

「ああ。」

「カプセルホテルじゃなくて、きちんと机に向かって書いてくださいよ。」

そう言えば、僕は、昨夜、八時間近くも、カプセルホテルの布団に寝そべって、パソコンを打ったのだった。

「そうだな。送ってくれる?」

「郵便局に、お金入れておきます。すぐに水沢に戻ってください。」

で、僕は、いま、いつもの水沢パレスホテルにいる。

また事件だよ……………………………十一月一日

北上行を終えて東新宿に戻ってきた僕の部屋のドアが、
ドンドコドン!

ドコドコドンッ!

と音を立てた。

「世川! 出て来い!」

何ごとだ?

「誰?」

「隣のXXだ。ぶん殴ってやる。出て来い!」

ドンドコドン! ドコドコドン!

「出て来い!」

「嫌だよ。」

「出て来い!」

「soWhat だ」(読者のHN《ハンドル・ネーム》)さん。

その男が、あなたが〈六軒隣の女〉の店を訪ねたときに、隣の席で、あなたたちの様子を窺っていた三十代の男だよ。

そのXXは、十五歳も年上の〈六軒隣の女〉が好きでたまらなくてね、毎日五時から十時まで、店に陣取って動かない。ホテルに行こう、抱かせてくれ、の毎日なんだって。

皆が僕に声をかけるのが癪《しゃく》でたまらなくて、僕を追い出そうと、この数ヶ月間必死。〈十一歳の娘〉に僕の悪口をあれこれ吹き込んだ張本人でもある。

もう、馬鹿らしいやら、疎《うと》ましいやら。わかるかなあ、僕の気持ち。

僕が、東北から帰ってきたと知った〈六軒隣の女〉が、僕を店に呼ぼうと、そのXXに、

「あの人が帰ってきたから、ここで騒がないで。騒ぐなら、もう店に来なくてもいいから。」

と言ったらしい。それで、これ。

げに男の嫉妬とは恐ろしきかな、である。僕は、四十代、この手の恐ろしさにいくつか遭遇して、女と性的な関係を持つことを控え始めたのであった。

いつまで経っても騒音暴言はやまない。

最後は、僕の窓、そう、いつも女たちが覗きこむあの窓だが、そこまで来て、「出て来い！コノヤロ～」、と叫ぶ。

警察を呼んだ。

途端に消えた。

〈六軒隣の女〉の店に逃げて、「もう、世川には何もしないから」、と誓っていたらしい。

警察が来た。

「何でこんなことをするのだ？」

警察官が訊いた。

「こいつが、共同トイレのトイレットペーパーを買わないからだ！」

一斉に、皆が吹き出した。

大家さんも来た。住人たちも出てきた。男と同居している年上の女は、顔を出さなかった。一番事情を知っているのはこの人だろうに、と思ったが、可哀想なので何も言わずにおいた。

「大家さん。とりあえず、今夜はこの部屋を出ます。どっかで泊まります。部屋を出るか出ないかは、保証人（＝〈歌舞伎町の女〉）と相談して決めます。」

僕は、先日までの北上行のバッグに新しい衣類をつめ、部屋を出た。

さて、お金がない。

〈歌舞伎町の女〉に電話した。事情を話した。

「部屋代もまだ全額終わっていなくて悪いけど、少しお金を貸してくれ。」

菊地さんからのお金を、ご飯を食べずに、五百円残しておいた。雨のしのつく今は、それだけが頼りだ。

「マックで待ってて。」

「済まないな。」

そして今、僕は、雨の新宿を眺めながら、マックにいる。

また無宿に戻るのか…。本当の放浪者になったなあ。

だけど、どいつもこいつも、相手の意向も確かめずに勝手に女を好きになって、その憤懣《ふんまん》を全部僕にぶつけてくる。これは、きわめて理不尽である。と、僕は思うのだが、それに対する答えは、きっと、読者それぞれで異なることだろう。

電話……………………………十一月八日

電話が鳴った。〈六軒隣の女〉の母親からだった。

「お前。生きてたの？

お前が何か事件に遭ったんじゃないかと思って、かあさんは一昨日から心配でたまらなかったんだよ。」

一度も会ったこともない僕に、心底から優しい言葉をくれる。

「お前を実の息子だと思っていると言うと、娘が、かあさん、何で?って、驚いて訊くんだよ。私は、娘に言ってやったのさ。あの子（僕のことだ）みたいにいい声をした男はいない。あの声は、優しくて、いつも明るくて、見なくても、どんな男かわかる。お前、あの子を大事にしなくちゃいけないよってな。」

「……、」

「お前。新宿に帰ってやってよ。お前がいないと娘は何にもできないんだよ。お前が傍にいてくれさえしたら、それで安心して店をやっていけるんだよ。」

「……、」

僕が東新宿を離れたのは、女の一言が原因だった。

「あんたは、私のお客を、あれも駄目、これも駄目って、みんな追い出す。この店は私の店で、あいつらは私の客なんだからね!

ただで呑ませたって、私の店なんだからいいだろう。それで潰れるなら潰れたっていいよ。」

それはそうだ。僕の口を出すことじゃない。しかし、それを繰り返したら、たかってくる人間たちによって、間違いなく店は潰される。自分が関与してそんな光景は見たくもない。

ここまでだな。と思った。

僕は、昔から、〈愚かな女〉が好きで、愚かと言うと語幣《ごへい》があるが、無学で、お人よしで、酔っぱらいで、あばずれで、そんな女にだけ愛情を感じてきた。

賢い女は他の賢い男と生きればいい、僕なんかがいなくても十分生きられる。僕がいなくちゃ駄目な、どうしようもない女だけが僕の相手だ、と思ってきた。

その象徴が、〈スナ〉という韓国娘だった。僕は、〈スナ〉を描きたくて、この巷《ちまた》をいまだにうろついているような気がする。

「ねえ、お前。新宿に帰ってやってよ。かあさんからの頼みだよ。」

電話の声はまだ続いていた。かき口説くような口調ではない。どちらかというと、命令口調の声だった。

実は、僕は、東新宿を出て〈四駅先〉に帰ろうか、と考えていた。

〈四駅先の女〉に部屋を探させたら、家賃三万円の部屋があった。

「五万円用意したら、敷金も礼金もいらないって。あとは保証人だけ。」

〈四駅先の女〉は、そう言った。

だが、その五万円と保証人が、ない。それに、これから都内で取材をするのに、往復の交通費二千円は、痛い。かといって、毎日サウナなんて経済的に無理だ。どうするかなあ、と立ち往生状態だった。

しかし、東新宿に帰っても、あの部屋では身の安全が保証されない。〈六軒隣の女〉は、僕と〈十一歳の娘〉を絶対に二人きりにさせないから、部屋でパソコンを打つことは不可能だ。

女の気まぐれで、また、いつ、「お前なんか出て行け！」と追い出されるかもわからない。ただ、〈六軒隣の女〉が、僕と〈十一歳の娘〉を絶対に二人きりにさせないには、女なりの理由があった。

あまりこんなところに書きたくはないが、この世の〈闇〉にはいろいろあって、女の友人（韓国ホステスだ）が子連れで再婚したら、ある日、四歳の娘の性器がミミズ腫れに腫れていて、事情を聞いたら、そういうことだったという。

また、お客が韓国ホステスと同棲し、そこに中学二年生の娘がいたのだが、それは、それ以上の悲惨な結果になった。

こうした〈闇〉は、歌舞伎町界隈にはゴロゴロしていて、十年前の僕は、そんな話を聞く度に、心が張り裂けそうに痛んだものだった。

「あんたを信用しない訳じゃないけど、男と女はわからないから、それだけはさせないから。」

女の言い分は至極もっともである、と僕も思う。

しかし、そのために僕の執筆時間が皆無になるというのも、事実だ。僕には、一ヶ月で書き上げねばならない仕事がある。ふーむ、困った。

「お前。新宿に帰りな。娘には笑って迎えるように私が言っておくから、帰りな。」

「そうですか…、」

「帰りな。」

「今夜、遅くなら、店を覗いてみましょう。」

「必ずだよ。かあさんと約束してくれるかい？」

「ええ。僕は嘘はつきません。」

どうなるやらわからないが、今夜、一度、東新宿に戻ってみる。なにぶんにも、深夜三時に突然追い出されたものだから、満足な着替えがない。外はすっかり冬の風で、これじゃあ、寒さに野宿もままならない。せめてそれだけでも取ってこなければ。

女は怖い！物語……………………………………十一月九日

僕は、昨夜十一時、東新宿に帰った。自分の部屋に向かった。

歩いた。

部屋の前に着いた。

あれっ？

あの〜、あのネ。

僕の…、僕の部屋のカーテンが消えてるんだよっ！

入って部屋を見渡した。

洋服もなくなっていた。本もなくなっていた。冷蔵庫はどうなったのだろう？　これらの荷物は、いま何処に？　何よりも、この僕は、世川行介君は、いったい、今夜から、どうなるの？

まいった。脱帽だ。

こらっ。〈歌舞伎町の女〉。

今は、もう、十一月だぜ。冬の夜風は、僕の柔肌を鋭く刺すんだぜ。わかっているのか？

ふ〜。よくやるよ、あいつも。

女は、怖い。

とても怖い。

すご〜く怖い！

どうせおいらの一生なんて…………………………十一月十日

午後二時、わが部屋の前を通った。

恐る恐る部屋の窓に眼をやると、あら、不思議。住人の僕は不在なのに、窓が開いていて、部屋の中が、見えた。

……、今日も、何にもなかったよ。

フッ、やっぱりね。ホント、気の強い女だからな。どうしたらあんな性格になれるんだろう。

よく、あんな女と一緒になった男がいたもんだ。

「あんたなんかとあの人とは別よ。」

そうだね。わかる。

あ～あ、また本物の放浪者かぁ…。とりあえずは〈六軒隣の女〉の部屋に寝かせてもらえるが、いつまでも世話になるわけにはいかない。どうしようかな、この正月。トホホ。

カレンダーを見たら、今月は、十三日が金曜日だ、とある。なんか、すご～く嫌な予感がした。「魔の週末」が「地獄の週末」になりそうな、そんな、恐怖に近い予感が、した。

去年の年の瀬を思い出した。一昨年の年の瀬を思い出した。ブルル。恐怖で、身がすくんだ。

その後、震えが起こった。

毎年、こんなのばっかりで年の瀬を迎えるとしたら、僕の一生って、何だろう。

さらば……………………………………………十一月十九日

今日の新宿は、少し強い雨だ。「三平食堂」で昼食をとり、傘もなかったが、降圧剤が切れるので、病院に行った。

だが、病院は午後は三時からで、空しく引き返し、ネットカフェにもぐり込んだ。

今日は、午後一時半から〈十一歳の娘〉の音楽発表会で、「おじちゃん、必ず見に来てね」、と言われていたが、とうとう行ってやることができなかった。

実は、僕は、昨夜から、また、放浪者に戻っている。

この間、〈六軒隣の女〉の元に帰ったとき、僕は女に言った。

「今回は我慢する。だけど、これが最後だぜ。今度、真夜中に、出て行け！って言ったときは、それが本当の終わりだからな。」

その「終わりの一言」が、昨夜、出た。深夜の二時だった。

眠っていた〈十一歳の娘〉が飛び起きて、

「ママ！　おじちゃんを追い出さないで！」

と叫んだが、もう、どうしようもなかった。

「お前なんか、死んでしまえ！　お前の日記の店の宣伝はすぐに消せ！」

もう、悪態の限りだった。

ここまでだな、と思った。

僕は、娘に別れを告げた。

「XXちゃん。がんばって生きろよ。」

「……！」

ベッドで布団を抱きしめながら、娘が、僕を無言で見つめていた。

「私の娘に口をきくな！」

ドアが閉められた。

僕は黙って部屋を出た。有り金をはたいてネットカフェに泊まった。

朝起きて、雨の中を郵便局に行き、余白の少なくなった〈歌舞伎町の女〉の娘名義の通帳を更新した。問い返されることもなく更新してもらえた。これで三ヶ月は大丈夫だ。後は、薬をもらって、住民票の写しをもらって、この街を出ようと思う。

誰もわかってはくれないけど、僕は、本当に、あの〈十一歳の娘〉が可愛くてたまらなかった。

僕は、わがまま勝手な後半生を生きてきたが、自分の別れた子供たちの中で、次女と息子には、「俺は父親らしいことを何もしてやれなかったなあ…」、という悔いがいつも残っていて、だからと言って今さらどうしようもないから、せめて、あの〈十一歳の娘〉にだけは、少し、人として大切なことを、「父親のように」教えてやりたかった。

怒ったり、撫でたり、この数か月の僕は、さながら、娘の実の父親のようであった。

この娘のためなら、〈歌舞伎町の女〉と絶縁になっても仕方がない、〈四駅先の女〉を裏切っても後悔すまい、原稿が遅れて最悪出版できなくなってもいい、そう自分に言い聞かせてきた。

僕の日記の存在を知ってから、〈十一歳の娘〉がどんどん作文が好きになっていき、

「おじちゃん。見て！」

学校から帰ってくるなり賞状を差し出して、誇らしそうに見せるとき、僕は、確かに、「父親の喜び」を感じていた。せめて、この冬を越えて、次の春が来るまでは…。僕は、心底から、そう願っていた。

しかし、そんな役割は、僕のようなぐうたら男の任務ではなかったようだ。

今日の新宿は、雨が降っている。東新宿の方角を見ながら、

「やっぱり駄目だったな…。」

小さくそう呟いたとき、雨音か何かわからない水音が、僕の心の底に、落ちた。

例によって、今から、また、上野に向かう。今夜はとりあえず何とか過ごせるので、いつものサウナ、上野の「ダンディ」に泊まる。

明日からのことは、まるでわからない。

ただ、もう、僕は、東新宿に足を踏み入れることはないだろう。


（「愛欲上野篇」に続く）

●この物語はノンフィクションであり、登場する団体・人物は実在します。
また、実名の表記はご本人の許可を得ています。

著者プロフィール

世川行介（せがわ こうすけ）

島根県生。大和証券、特定郵便局長を経た後、20余年間、〈野垂れ死にをも許される自由〉を求めて、日本各地を放浪。その破天荒な軌跡をブログ『世川行介放浪日記』に記述。彦根市在住。

著書に『本能寺奇伝』（彩雲出版）、『歌舞伎町ドリーム』（新潮社）、『泣かない小沢一郎が憎らしい』（同時代社）、『郵政　何が問われたか』『地デジ利権』（現代書館）、『小泉純一郎と特定郵便局長の闘い』（エール出版社）他がある。

世川行介放浪日記　貧乏歌舞伎町篇

平成29年5月15日　初版第1刷発行

著　者　世　川　行　介

発行者　鈴　木　一　寿

発行所　株式会社　彩雲出版　埼玉県越谷市花田4-12-11　〒343-0015　TEL 048-972-4801　FAX 048-988-7161

発売所　株式会社　星　雲　社　東京都文京区水道1-3-30　〒112-0005　TEL 03-3868-3275　FAX 03-3868-6588

印刷・製本　中央精版印刷

ISBN978-4-434-23333-3

定価はカバーに表示しています